Tomodachi no imouto ga
ore nidake uzai
友達の妹が
俺にだけ
ウザい
vol. 7
AUTHOR
三河ごーすと
ILLUSTRATION トマリ

「真白先輩、なんで今日はセンパイと一緒に？」
「それ、彩羽ちゃんが言う？……わかるでしょ」
「むっ。……はは－ん、なるほどですね－」

「つまりどういうことだ？」

「センパイは黙っててください」

「アキは黙ってて」

「お、おう……」

「油断も隙もないね、彩羽ちゃん」

「目論見自体はお互いさまじゃないですかねー」

「聴きました？
いまのめっちゃ
カッコ良くないですか？」
……イェイ!!

「ああカッコいい、カッコいい」
「感情がこもってない！」
「イェーイ！バリエモ卍あげみざわ〜!!」
FOOOOO〜！

「あわっ、わわわ、寝起きっ……
油断っ……なんで？
アキにこんなところ、むりっ……」
!?

「べつに気にすることないぞ。変な寝言は言ってないし、寝相も良かった」
「ば、ばかっ。そういう問題じゃない。は、恥ずかしいでしょ。不細工な寝顔かも……」
「普通に可愛い寝顔だったが」
「かわっ……」

CONTENTS

Tomodachi no imouto ga ore nidake uzai

GA文庫

友達の妹が俺にだけウザい 7

三河ごーすと

GA文庫

カバー・口絵・本文イラスト
トマリ

000

Tomodachi no imouto ga ore nidake uza

前回のあらすじ

馴れ合い無用、彼女不要、友達は真に価値ある一人がいればいい。『青春』の一切は非効率、苛酷な人生レースを生き抜くためには無駄を極限まで省くべし——かつてそんな信条を胸に生きていた俺、大星明照は、不覚にも彩羽のウザさの中に可愛さを見出してしまう。彩羽が心の底からウザくて可愛い姿をさらけ出せる友達を作ってやりたい。そう願う俺だったが、なんと当の彩羽は清楚な優等生モードでミスコンに参加すると言い出しやがった。

全校生徒にそのキャラを見せつけて客観的な評価を得てしまったら、仮面を外す機会を永遠に失ってしまうかもしれない。彩羽という役者の——いや、ひとりの人間のプロデューサーとしてそんな展開は絶対に避けなければならなかった。

そこで俺の取った選択肢はただ一つ。俺自身が美少女となりミスコンで優勝することだった。『黒山羊』の運営を通じて男子ユーザーに好かれる女の子キャラのツボを完璧に熟知していた俺は、彩羽のライバルにして最先端のファッション紹介系ピンスタグラマー友坂茶々良の助けを得て完全無欠の女装をすることに成功。学校最強の美少女である彩羽との頂上決戦に挑んだ。もちろんただの真剣勝負なわけがない。俺は審査員の音井さんを甘いもので買収し、決勝戦のアピール内容を「ウザ可愛さアピール」にし、彩羽に強制的にウザかわ演技をさせようと試みた。勝っても負けても俺の勝ち、そういう戦いに持ち込んだのだ。

しかし彩羽も俺の性格になりきったことでカウンターとなる策謀を巡らせていた。彩羽はミスコンの決勝を辞退することでウザかわの発覚を回避。さらに審査員の音井さんを甘いもので買収し、ミスターコンテストの決勝戦のアピール内容を「数学の早解きクイズ」に設定。オズの優勝を実現させる。そしてミス&ミスターコンの優勝者同士が踊るキャンプファイヤーの場に、オズに変装した彩羽が現れた。

「センパイの思い通りにはさせません。これは誰にでも見せるような安い可愛さじゃないんです。センパイにだけ、なんですから」

意味深な台詞とともに彩羽は、これからますますウザくなるから覚悟しておけと、謎のウザ絡み予告を残していく。

この文化祭は《5階同盟》の目標を達成するためにも、彩羽や真白との関係を見つめ直すためにも、大きな転機になったのは間違いないだろう。

無事にビッグイベントを終えてひと息つき、さあ次はどうするかと考えていた俺だったが、しかし世の中はそんな甘くはできていなかった。俺の前に攻略難度SSS、人生最大の壁が立ちはだかったのだ。それも、ふたりも。その二人を俺はあえてこう呼ぶとしよう。

友達の母親、と。

「いもウザ」登場人物紹介

こひなた いろは
小日向 彩羽

高1。学校では清楚な優等生だが明照にだけウザい。演技の天才。陽の者だがアニメ好き。いつか出演するのが夢。

こひなた おずま
小日向 乙馬

高2。通称オズ。明照の唯一の友達。「5階同盟」のプログラマー。アニメを技術的視点から分析するのが好き。

おとい
音井 ●●

高2。下の名前は非公開。ダウナー。「5階同盟」に協力するサウンド担当。仕事柄、アニメの音声に興味津々。

ともさか ささら
友坂 茶々良

高1。最近彩羽のライバルから友達にクラスチェンジした。アニメは見ないがバズった作品はちょっと気になる。

おおぼし あきてる
大星 明照

主人公。極度の効率厨な高2。「5階同盟」プロデューサー。研究のためならアニメを倍速で見るのもいとわない。

つきのもり ましろ
月ノ森 真白

高2。明照の従姉妹でニセ彼女。明照に猛アピール中。実は作家・巻貝なまこ。ラブコメアニメで恋愛研究中。

かげいし すみれ
影石 菫

酒を愛する25歳。明照達の担任教師。神絵師・紫式部先生でもある。お酒片手の深夜アニメ視聴が日々の癒し。

かげいし みどり
影石 翠

高2。毎回全教科満点の怪物優等生。演劇部部長だが演技×。えっちな深夜アニメを見つけては憤慨するお年頃。

きらぼし カナリア
綺羅星 金糸雀

巻貝なまこの担当。敏腕アイドル編集。自称17歳。語尾がチュン。本名は星野加奈。アニメ化作品も多数抱える。

prologue

Tomodachi no imouto ga ore nidake uzai

プロローグ

針のむしろ、って日本語を知ってるか？

それは畳が普及するよりも前の時代に遡る古き起源を持つ言葉で、針の刺さった敷物の上に座るような心が休まらない状況を表す言葉であり、何が言いたいのかというと要するにいまの俺である。

「月ノ森さんとこうして一緒にテーブルを囲むのは何年ぶりぐらいだったかしらー」

「お久しぶりの再会、ワタシ、嬉しい、思います」

赤コーナー。おっとりポワポワにこにこ仕草の女性は小日向乙羽。またの名を、天地乙羽。

青コーナー。クールな顔にカタコト合わさり無垢な女性は月ノ森海月。伯父さんの妻。

……ちなみに赤か青かは俺の脳内にしかない色だけど、ふたりはお誕生日席の俺から見て左右に分かれて座ってるんで構造としては一緒だ。

わーい両手に花だぜ、とかそれこそお花畑な頭で喜べたら気楽なんだろうが、残酷なことに花の蜜のような甘い展開など現実にはあり得ない。

「う、うちのママと真白先輩のママが知り合いだったとは。ぐ、偶然ですね〜。あはは」

「ほ、ほんとそれ。できすぎ。ご都合主義」

赤コーナー、セコンド。ウザく元気に絡んでくる陽の者、友達の妹、小日向彩羽。

青コーナー、セコンド。暗く冷たく塩であしらう陰の者、偽の恋人、月ノ森真白。

どちらも普段の切れ味が鳴りを潜めているのは、どう考えても、それぞれの隣に座る人物が原因で。

隣に母親を座らせた状態で緊張するなと言うほうが無理な話だ。

……そんでもって、俺はその二倍の重圧を受けてるわけで、居心地の悪さもひとしおで。

ふたりの母親の顔を直視できない俺は、目の前のトマトジュースを見つめることしかできなかった。テーブルの上には人数ぶんのトマトジュース入りのコップが並んでいるが、極限状態でももてなしの心を忘れなかったのは褒めてほしい。

トマトに含まれるリコピンは人間のストレスを減少させる働きがあるらしいけど、いま、俺の体験している精神的重圧はリコピンの盾など易々と貫通してくる。

天地乙羽だけでも、俺にとっては圧が強い。以前月ノ森社長と三人でしゃぶしゃぶを食べたときの、彼女の疑うような眼差しやリーダーとしての価値観の違い、魔王じみた雰囲気はいまでも強く思い出せる。身構えて然るべきだろう。

だっていうのにさぁ……。真白の母親までいるんだよ。

ついさっき、月ノ森社長に相談されたばかりの、家出しちまったとウワサの奥様が！

失言ひとつで即座に何かが爆発しそうないまの我が家の食卓は、地雷原とほとんど変わらない。

「お、おふたりはどうしてこのマンションに？　乙羽さんはともかく、海月伯母さんは引っ越し後に真白に会いに来たの、初めてじゃないですか？」

とりあえず波風立たぬ無難な話題を捻り出した。

クールな顔立ちの中に無垢さを含んだ絶妙な微笑を湛えて海月さんは答える。

海外生活が長いせいか微妙におぼつかない日本語で。

「夏休み。長期休暇入りました。久々。娘のそば。いられて幸せ。泊まり、遊びに来ました」

フランス系のハーフ美人は雪の結晶のような涼やかな笑みを浮かべてみせた。

「夏休み……？」

「あらー、月ノ森さんもそうだったんですねー。実はわたしもそうなんですよー」

「乙羽さんも？　あれ、でもいまもう九月ですよね？」

「大人の夏休みは九月なんですよー。『夏とはいったい……』なんて疑問を抱いてはいけませんー。それが常識的な社会人というものですからー」

闇が深すぎた。

「でも、月ノ森さん。たしかブロードウェイの舞台にも出た、ミュージカル女優さんだったような。そちらの業界も夏休みはずれ込みがちなのかしらー？」

「偉い人バカンス行く時期。女優、モデル、業界人チャンスあります」

闇はさらに深まった。いやまあカタコトの日本語のせいで怪しく聞こえるだけで、きっと変なことは言ってないんだろう。うん。そういうことにしておこう。少なくとも俺の脳内翻訳では。うん。

と、そのとき。がたん、と音がした。

彩羽が椅子から立ち上がり、食い気味な瞳（ひとみ）で海月さんを見つめていた。

「真白先輩のママさん、女優なんですか⁉」

「言ってなかったっけ」

「初耳ですよ！　しかもブロードウェイって……。そんなすごい人が目の前に……」

好奇心旺盛な彩羽の瞳が輝きを帯びていく。

——やばい。これ、まずくないか？

声優とはジャンル違いとはいえ、役者を目指してる彩羽が一流の女優を前にして興奮してしまうのも無理はない。

だが、ここでその態度を見せてしまうのは、問題があるわけで——……。

「彩羽？」

「……あっ」

穏やかな中に圧を含んだ声。そして、凍りつくような視線。

ただそれだけで彩羽の肩がピクンと跳ねて、その顔には愛想笑いが貼りついてしまう。

……まあ、そりゃそうなるよな。

何せ彩羽が謎の声優旅団Xなんていうまどろっこしい立場で、『黒き仔山羊の鳴く夜に』の声をやらなきゃならなかったのも。漫画や映画やゲームや音楽っていうエンタメを楽しむためにわざわざ俺の部屋なんかに入り浸らなきゃいけなかったのも。

全部この母親の教育方針によるものなんだから。

「あ、あー……すごすぎて、変なはしゃぎ方しちゃいました。ごめんなさい。あはは」

「いいえ。気にする必要ありません。ワタシ、褒められるの好き。素直にうれしい。思います」

「彩羽ちゃん……?」

隣に座る母親の無邪気な笑みと取り繕うような彩羽の態度を横目で見ていた真白の目が、ほんのすこし細くなった。

……ああそっか。小日向家の厳しい教育方針のこと、真白は知らないもんな。

彩羽が置かれてる不自由な環境を初めて目の当たりにしたら驚くのも当然だ。

空気が重くなりかけるのを察して、俺は固く強張った口を無理矢理動かして言葉を発する。

「あー、つまりアレですね。おふたりとも、しばらくはこのマンションにいる……と」

「ですー。なのでまずはお隣さんにご挨拶をと思いましてー」

「日本、礼儀大事ある、あります。ブシドー。筋、通さない奴、斬首。よくないので。挨拶にきました」

「さすがにそんな物騒な掟はありません」

礼節を重んじる武士の国といえど、過去に遡ってもそこまでは厳しくなかったと思う。……いや、案外それぐらいサクッとスナック感覚で斬首されてた可能性も否定はしきれないな。想像したくもないけど。

いや、待て待て。そもそもWママの主張は微妙におかしくないか？

「事情はわかりましたけど、わざわざ俺んちに挨拶に来ます？　海月さんは、久しぶりに甥の顔を見に来てもおかしくないですけど。……乙羽さんはべつに別居してたわけじゃないんですし、いちおう、ずっと隣で暮らしてましたよね？」

月ノ森社長と三人で鍋を囲んだ日のあと、オズと彩羽に確認してみたんだが、ふたりはどうやら母親の職業について何も知らされていないらしかった。

オズは持ち前の知的好奇心で自らゲーム業界の情報を集めて検索していく過程で、天地堂の社長が自分の母親だってことはうすうす気づいてたみたいだが……あいつも妙に口を閉ざしていた。彩羽だけでなく、オズにも何か乙羽さんに対して思うところがあるみたいなんだが……本音がどこにあるのか正直よくわからん。

まあ何が言いたいかっていうと、乙羽さんは不在がちだとはいえ、それは子どもたちへの秘密主義が成立する程度だったってことだ。そのムーブは多忙で家を空けることが多い母親、の範疇でしかなく。単身赴任していたとか、そういうことじゃない。

つまりわざわざ俺の家に挨拶に来る理由は何もないような。

「挨拶に来たら駄目だったかしらー？」

「大歓迎です。いつでも来てください」

ニコニコ顔の圧力に瞬時に敗北。背筋を伸ばして敬礼し、全面降伏を受け入れた。

怖すぎるよ、友達の母親。

それからしばらく俺と彩羽と真白はふたりの母親同席という超重力空間の中、拷問のような時間を過ごした。

止めなければ止まらない、止めても止まらない自由気ままなママトーク。切り上げようと声を遮ってみても、ふんわりとした流れで気づいたらふたたび会話が再開してしまう無間地獄のような会話磁場。スマホ画面の中、時刻を示す数字が一の位をすこしずつ変化させていく事実に俺が焦れていると——……。

「ところで大星君。娘とはどこまでいったのかしら」

「いつの間にそんな会話になってたんですか」

突然、ピタリと会話が止まったかと思いきやノータイムで会話に巻き込まれた。

しかもそこそこ殺傷力高めの話題。サイレンサー付きの拳銃で銃撃されたような気分である。

「ワタシも興味。津々(しんしん)。あります。真白、彩羽ちゃん、どっちが愛人ですか？」

「日本語ミスですよね？　恋人と愛人を間違えてるだけですよね？」

「あらあら。どちらかが恋人だって点には異論ないんですね」

「や、そうではなく……っ。み、海月さんっ。ちょっといいですかっ」

俺はあわてて海月さんの耳元に囁(ささや)きかけた。

「伯父さんから聞いてますよね、真白のニセ恋人契約。あんまりそっち方向でいじられるのは困るんですって」

「理解してる、してます。だからワタシ、恋人じゃなくて、愛人、訊いた。配慮、充分です」

「ああああその単語選び、配慮の結果か——っ！」

宇宙一どうでもいい伏線だった。

頭が痛くなる状況にのたうち回る俺に、フフフ、と聖女のような微笑みを向ける乙羽さん。

「照れなくていいんですよー。うふふ」

「花の高校生。青春。恋愛。素敵。あると思います」

「本人たちの前でイジらんでください。彩羽と真白も困ってますし」

なあ、ふたりとも。と、同意を求めるためにW娘に視線を向けると——……。

「気が利く後輩の私としては、愛人の座は真白先輩に譲ってもいいですよ？（にっこり）」

「む……。そこは先輩の真白が謙虚に一歩引くべき。愛人は、彩羽ちゃんでいい」

「愛人といえば陰のある美女！　真白先輩にピッタリじゃないですか」

「平気な顔で男子に絡みついていくスタンス。どこからどう見ても愛人適性Ｓ」

「ほほー。言いますね？」

「彩羽ちゃんこそ」

「お、おい、お前ら。……何か急に雰囲気悪く……あだっ」

机の下で蹴られた。

つま先が軽くすねにぶつかる程度の刺激が、二発。彩羽と真白の双方から。

「何言ってるんですか、センパイ。私たちは仲良しですよ？」

「そう、仲良し。アキは変な勘繰りしすぎ」

「お、おう。ならいいんだが」

ならその目に宿る闘志と、ギラギラしたオーラは何なんだ？

彩羽と真白。向かい合うふたりは正面から視線をぶつけて、表向きはにこやかな、裏には何かただならぬ感情を秘めた表情で睨み合っていた。その姿、見えない刀で鍔迫り合うが如し。

こいつら、こんなキャットファイトじみた対抗心をぶつけ合う関係だったっけ？

彩羽は真白を先輩兼友達として立てていたし、真白も初めての友達として懐いてた気がするんだが、何か俺の知らない間に変化があったんだろうか。

もしかして、後夜祭のキャンプファイヤーで見せた彩羽の、あの思わせぶりな態度と関係があるのでは……そう思いかけたときだった。

乙羽さんがその細目をさらに細め、意地悪魔女めいた笑みを浮かべる。

「ふぅん。これは親として、大星君の身辺調査をしなければならなそうですねー」

「は……!?　や、どうしてそうなるんですか」

海月さんも無表情のままぐっと親指立ててサムズアップ。

「娘。恋人、愛人。将来の旦那さん。ワタシたちにとっても、義理の息子、可能性あります」

「どこの馬の骨とも知らない相手には渡せませんからねー。うふふ」

「前提がおかしいですって！　ちょ、何ですか、いきなり!?」

おもむろに立ち上がった乙羽さんと海月さんにグイと距離を詰められて、思わず声が裏返る。

童貞みたいな反応だと笑うなよ。

彩羽と真白と同じＤＮＡを持つ母親たちだぞ？　近くで見たらそりゃもう絶世の美女なんだ。暴力じみた美貌(びぼう)に視覚が破壊され、大人の女性の香り×２に嗅覚(きゅうかく)を蹂躙(じゅうりん)される。そんな状態で平静を保てるのはチャラ男検定1級レベルの野郎だけだっての。

「ママ!?　ちょ、何やって——」

「距離感、おかしすぎ。意味不明……っ」

娘ふたりが取り乱す目の前で、艶やかな大人の唇×2がゆっくりと動き、俺に囁きかける。

「大星君。聞かせてくれませんか?」

「え、あ、は……はい?」

何うなずいてるんだ、俺。しっかりしろ、俺!

心の中で自分の頬を平手打ちして正気を保たんとしていると、乙羽さんは野生動物にも似た狩人の眼差しでこう言った。

「大星君の彼女は? 年収は? 成績は?」

「……は?」

ネットのクソみたいなまとめ記事っぽい質問が聞こえたんだが気のせいか?

あれ無駄にSEO対策だけはよくできてるせいか調べものをするときに検索上位に来るから厄介なんだよな。オズが信頼性の高い情報のみを自動的に収集できるシステムを組んでくれてから快適な検索ライフを送ってきたから、その手の記事が現在どうなってるのかまでは知らないんだが。

「は? じゃありませんよー。質問に答えてくださいー。……ね?」

「あ……はい。彼女は、いません……年収と、成績は……平均くらいです」

圧力に屈した。

こんな怖い「ね?」人生で初めて聞いたよ……。

ずい
ずいっ
!?

その後もふたりの母親による執拗な質問責めは続き、不倫したわけでも汚職したわけでもないのに不祥事で記者会見を受ける芸能人になった気分でおずおずと回答を続けるという地獄の時間を過ごした。

しかもひとつ回答するごとに彩羽や真白がいちいち過敏に反応し、機嫌が良くなったり悪くなったりを繰り返すものだから、顔色を窺いながら内容があるようでまったくない無駄な答弁をしなきゃならなくなっていき、ああだから芸能人や政治家は記者に対してこういう論法を使ってはぐらかすのかと妙な勉強になった。

と、さんざん好き放題やったWママはふと時計を見上げて、もう遅い時間だしそろそろお暇しましょうかと言い出した。ようやくお気づきになられたようで何よりだが、もう一時間早く気づいてほしかった。

「ふわ……。それじゃセンパイ、おつでしたー……」

「おう、また明日な」

「ふぁい……ねむねむ……」

もう普段寝る時間を過ぎてるせいか、彩羽はあきらかに限界そうだった。

常に電源に繋ぎっぱなしの端末みたいなフル稼働状態がデフォのウザ女彩羽にしては珍しいグロッキー具合だ。文化祭の疲れと母親を横に長時間会話する疲れが合わされば、陽の者でもさすがにきついらしい。

「またね、アキ。ばいばい」

「ああ。……お前は元気そうだな、真白」

「夜は活動時間だし。暗くて、静かで、集中できる」

そう言った真白の目は正常で、口調もハッキリしていた。

うーむ、オタク特有の夜行性。

プロ作家を目指している真白にとっては、夜の時間帯は、原稿の執筆に取り組みやすい時間なのかもしれない。

《5階同盟》のシナリオ担当、兼、UZA（ユージーエー）文庫の超人気作家である巻貝（まきがい）なまこ先生も、夜中の執筆が捗（はかど）るとずいぶん前に言っていたし、もしかしたら夜のほうが集中できるっていうのは作家にはありがちな習性なのかも。

「今後とも彩羽と仲良くしてやってくださいねー。ではまたー」

「あっ、はい。また」

上辺っぽい和（なご）やかな挨拶を残し、乙羽さんは我が家を出ていった。

彩羽もその背中を追っていく。

「あ、そうだ。海月さん」

「……ワタシ？　真白、違いますか？」

小日向母娘に続いて、ドアをくぐろうとしていた月ノ森母娘。

母親のほうを俺は呼び止めた。

「海月さんで合ってます。……その、ある人に相談を受けてる件がありまして」

「おー……なるほど理解、ある。あります。了解しました」

「ママ？　アキも、何の話？」

「ちょっと野暮用がな。心配すんな、たいした内容じゃないから」

「……？」

不審そうに目を細め、軽く首をかしげる真白。

まじまじと見つめられても、詳しい説明なんてできやしない。

だってそうだろう。これから話そうとしてる内容を考えたら、実の娘の耳に入れるべきとは到底思えないわけで。

「真白。家、戻ったら入浴、ワタシ望みます。湯沸かし、準備、依頼できますか？」

「まあいいけど。……真白の変な噂とかしたら嫌いになるから」

「ええっ⁉　ママ、嫌われる、悲しい！」

「変なこと言わなければいいでしょ。ふんっ」

すがりつく母親に、つんと顔を逸らして突き放したことを言う真白。

そういや俺にも好きだから逆に塩対応をしてしまうと言ってたことがあったけど、真白って本当に好きな相手や近しい人には冷たくなるんだな。こうしてあらためて第三者視点になると滅茶苦茶わかりやすい。

「俺がお前の悪口で盛り上がるわけないだろ。そこは信じてくれよ」

「……ん。アキが言うなら、信じるのもやぶさかじゃない」

「OH……ボーイフレンドより信用されてない。ママとはイッタイ……」

「日頃の行い。ふんっ」

嘆く母親の体をすげなく剝がして、真白は行ってしまった。

ああっ、と振り払われた片手を伸ばし、愛娘の遠ざかる背中を涙の浮かぶ悲しげな眼差しで見送る海月さん。

舞台演劇の一場面のような芝居がかった仕草を眺めて、俺は、あきれたような、感心したような息を漏らしてしまう。

「相変わらず息を吐くように泣けるんですね。さすが大女優」

「まるでワタシ悪女。誤解、招きます」

「誤解だといいんですけどね……」

どうしても奥歯に物が挟まったような言い方になってしまう。

実は真白と会わずにいた空白期間も、海月さんの話題はそこそこ頻繁に耳にしていた。

何故なら、この人は。

「大星ママは元気、健在してますか？」

「元気らしいですよ。しばらく会ってないから、本当かは知りませんけど」

俺の母親の、親友にも等しい相手だから。

具体的にどんな関係性なんだ？　って点については……まあいまはいいよな。これからの話題にあまり関係ないし。

とにかくうちの母親は個人的に会うことが多く、それで、たまに電話で海月さんの近況を聞かされることがあったってわけだ。母親は米国で働いてて長らく顔を見てないし、ここ最近は電話すらしてないが、まああの人がそう簡単にくたばるとは思えないし、報せがないのは良い報せってヤツだろう。

「ワタシに話、大星ママのこと、違う。違いますか？」

「全然違います。――さっき伯父さんに相談されたばかりなんですよ。海月さんが家出した、見つけたら連絡をくれ、と」

「おー。そちらでしたか」

伯父さんこと月ノ森真琴。真白の父であり海月さんの旦那であり日本が世界に誇るエンタメ企業ハニープレイスワークスの代表取締役社長であり《5階同盟》をチームまとめて就職させてくれるコネであり浮気性のクソ野郎という属性てんこもりの自称ダンディ。

その月ノ森社長に、文化祭が終わったばかりで疲れているところを突然呼び出され、近所のファミレスで相談されたのがついさっきの出来事だった。

「伯父さんに黙ってここに来てるんですか？　もしかして喧嘩とか？」

「理由、秘密守ります。ミステリアス。美女の秘訣です」

「そう言われると、話せないようなことでもあったのか、と勘繰ってしまいますけどね」

しー、と鼻の前に指を立てる仕草の海月さんは確かに謎多き美女の風格を漂わせていた。

だが色香に惑わされるつもりはない。これ以上、非効率的な面倒事を抱え込んでなるものか。

「海月さんが真白の家にいること、伯父さんに教えても？」

「チクリ、良くない。困る。困ります」

「そう言われましても、俺と伯父さんの契約、知ってますよね？」

「《5階同盟》。就職。目指してること聞いてます」

「はい。なので、伯父さんの心証は最優先なんです。家出の理由を説明してくれて、納得できたら、黙っててもいいんですけど。秘密にされるんなら、俺としては報告せざるを得ないかな、と」

「ふむーん。命令、忠実な姿。明照君、社畜、才能あります。困りました」

白くて細い指を艶めくリップグロスに重ねて、どこかとぼけたように小首をかしげる海月さん。

すると、あ、そうだ……と。何かを思いついた様子でスマホを取り出し、近づいてくる。

突然ふところに入り込んでくるや否や海月さんは突然俺の腕を引いて、壁際に引き寄せた。

「なっ。ちょ⁉」

「フフ。情熱的ねぇ。私を壁に追い詰めたりして、ナニをするつもりかしら？」

口調が変わった？　カタコトが消えた？

……いや、そんな疑問はどうでもいい。それよりもっと大きな疑問がある。

何を言ってるんだ、この人は。

いま起きた出来事は、因果がまるっきり逆。たしかにこの瞬間だけを切り取ったらどう見ても俺が彼女を壁ドンしてるようにしか見えないが、マスコミに常に付きまとわれてる芸能人ならいざ知らず、平均的一般人である俺がこの瞬間を都合よく激写されるなんて（パシャ）ことはあり得ないし何だいまの音？

「フ。フフフ。最高の思い出ができたわよ、明照君」

「な、な、何を……？」

「はいこれ」

近づきすぎた顔と顔の間にスマホの画面がひょっこり差し挟まれる。

画面いっぱいに表示されているのは、俺が熱っぽい真面目な表情で、海月さんを壁際に追い詰めている決定的な瞬間で。

「い、いやいやいやいや何ですかこれ⁉　いますぐ消してください！」

「真琴さんに言わない。秘密守ってくれたらそうします」

するりと俺の腕をくぐって抜け出すと、海月さんは挑発的にスマホを振ってみせた。

「でも、もしワタシの場所リークしたら。不倫現場、証拠写真。あの人に送信、送ります」

「ちょ、勘弁してください！　洒落（しゃれ）にならん展開になりますよ!?」

「大丈夫。ワタシの居場所、漏らさなければ。災い。降りかかることありません。大人の取引。よいパートナーシップ、望みます」

「それは、そうかもしれませんけど……」

完全に脅迫だ。甥っ子に対して堂々と脅迫してみせるとか、なんなんだこの人は。

というか、その手のコンテンツの常識として、こういう場合、男が奥様を脅す側になるもんだと思うんだが、やはり現実は物語の世界とは全然違うってことか？

「あー、手、滑る。送信。手遅れなります」

「ああああああそれだけはやめて！　あの人にだけは内緒にしててくださいいいい!!」

土下座で懇願（こんがん）。

彼女の親指がスマホの画面に触れた瞬間、俺の、いや《5階同盟》の命脈は尽き果てる。

そんなことは、絶対にあってはならない。

俺の篭絡（ろうらく）に成功した確信からか海月さんは、うふ、と微笑んで。

「取引成立。約束守れる誠実な人、ワタシ好きです。……おやすみボン・ニュイ。明照君♪」

ちゅ、と投げキッスを残し、彼女は我が家から出て行った。

好き放題に弄ばれた俺は玄関口で茫然と立ち尽くしたまま、廃人のようにつぶやくことしかできなかった。

「ボン・ニュイってフランス語で『おやすみなさい』……意味、かぶってるじゃん……」

今更すぎるツッコミを聞く者は、誰もいなかった。

＊

『ついに母親まで毒牙にかけようというんだね、アキ』

『待て待て待て。待ってくれオズ。どこにそんな攻撃的な描写があった？　どう考えても毒牙にかけられてるのは俺のほうなんだが!?』

『普通のアプローチじゃなくて、ちょっとウザい絡まれ方なのがアキらしいね。ハハハ』

『自分の母親も含まれてるのに、よくもまあ楽しそうにできるな……』

Tomodachi no imouto ga
ore nidake uzai

友達の妹が
俺にだけ
ウザい

第1話・・・・友達の母親が娘にだけウザい

深い眠りの底に沈んでいた俺（おれ）の耳を、スマホの目覚まし電子音がくすぐった。

Wママ襲来の、翌日の朝。

文化祭からノータイムで訪れた新たな修羅場（しゅらば）の予感に、溜（た）まりに溜まった疲労が泥の縄となり俺の肉体をベッドに縛りつけている。

しかしどれだけ疲れていても定時になれば起きるのがこの俺、大星明照（おおぼしあきてる）だ。

毎朝同じ時間に起きて同じルーチンをこなすことで心身ともにととのえる。

それにより一日の作業効率が抜群に上昇するため、効率重視の俺としては快適な朝の目覚めは不可欠だったりするわけで。

「セーンパイ。朝ごはんできてますよー」

「う……」

「早く起きないと、センパイの制服に料理の匂（にお）いがついちゃいますよー」

「ん……ああ……」

耳慣れた後輩の声に適当な相槌（あいづち）を打つ。

……って、待て待て。なんだその地味な嫌がらせは。コイツが俺を起こすときに妙な絡みを混ぜてくるのは周知の事実だが、ウザいにしても半端すぎやしないか？

しかしさっきから良い匂いが漂っているのは確かだ。

うっすらと目を開くと、ぼやけた視界の向こう側に、寝室のドアが開いているのが見える。料理の匂いはその隙間から流れ込んできているようだった。

「目、開けましたね。センパイにしてはお寝坊さんですけど、やっぱりお疲れですか？」

「んや、大丈夫だ。ふぁあ……」

あくびが漏れる。

酸素をたっぷり補充して、寝ぼけた脳を再起動させる。と、働き始めた脳味噌が、現在進行形で起こっているおかしな現象に気がついた。

「なんで人の家で勝手に朝食を作ってるんだ？」

「えっ。でもセンパイ、台所はいつでも使っていいって言ってましたよね」

「……まあ、言ったが」

我が家は俺の家であると同時に《5階同盟》の共用オフィスみたいなもんだと俺は思ってる。

紫式部先生が大好きな酒一式を常備してるのも、仲間がいつぶらりと寄ってきてもいいように菓子や飲み物を用意してあるのも、ひと部屋に全自動卓を置いて麻雀部屋にしているのも、メンバーの皆への福利厚生的な意味合いが強い。

あまりにも縦横無尽に俺の寝室に入り浸ったりしなければ、リビングや台所には自由に出入りしてもらってかまわないし、何なら料理でも何でも自由にしてくれと皆にも言ってある。

が、実際にやった奴は少ない。

俺が体調を崩したときに、彩羽がおかゆを作ってくれたりはしたが――……。

「普段はべつに作らんだろ。なんで急に？」

「……あー、説明するとややこしくなるんですけど、聞きたいです？」

「長くなるならいらん。非効率的だし」

「ですよねー。まー、百聞は一見に如かずってことで。驚かないでくださいね。あはは……」

目を合わせず、ばつが悪そうに笑う彩羽。

ウザ絡んできたわりにはテンションが低いなと思っていたが、やはりどこか様子がおかしい。

まるで俺の家の台所で朝食が作られてる事実が彩羽本人にとっても想定外の出来事で困惑しているといった雰囲気で、この時点で俺はある程度展開が予想できたんだが常識という物差しを捨てられない俺の頭の中の冷静な部分がいやいやまさかそんな意味不明なことあり得ないだろと現実から目を逸らしながら起き上がって、パジャマ姿のまま恐る恐る香りに釣られるまま廊下を進んだら台所には乙羽さんがいた。

超長文で思考を連ねてしまってすまない。でも、ゆっくり進んだら骨の髄まで染みるような恐怖描写になりかねなかったので最速で駆け抜けさせてもらった。

「乙羽さん……なんでうちで料理を？」

「あらー大星君、おはようございます。パジャマ姿は隙があって可愛いですねー」

振り返った乙羽さんはエプロン姿。

味噌汁を作っていたのか、片手鍋におたまを浸しているその姿は、まさしく朝の人妻だ。

「お疲れの朝は自炊せずに健康食品だけで済ませることも多いそうですね？」

「え？　ええ、まあ……」

「一日の計は朝食にあり。良きパフォーマンスは良き朝食がもたらしますから、忙しくても食だけは手を抜いてはいけないですよー」

「なるべくそうならないように、気をつけてはいるんですけど。どうしてもたまに、おざなりになる日はできちゃいますね……」

「わかりますー。で、それは今日みたいな日でしょう？　文化祭の翌日」

「部分的にはそう、ですね」

文化祭よりも、主にあなたの存在で疲れてます。

とは言えないので、曖昧な返事を返しておいた。

「なのでこうして、彩羽が世話になってるお礼も兼ねて腕を振るおうかとー。お台所も使っていいとのことですし。……あっ、食材はうちから持ってきてますから、ご心配なくー」

「それは大丈夫なんですが……」

「すみません、センパイ。ママが押しかけるのを止められなくて」

「それも大丈夫なんだが……」

俺の持ってる情報だけで判断すると、母親の教育で抑圧されたからこそ彩羽は窮屈な環境に置かれているわけで。

親に内緒で役者としての道を進み始めた彩羽の秘密を知る俺としては下手なことは言えないし、先入観のせいもあるかもしれんが、彩羽の表情がさっきから硬いというか、ギクシャクした空気を感じているわけで。

死ぬほどやりにくい。

こんなときこそ旧知の仲の男友達に話題を振って場を和ませていきたいところだが、生憎とオズの姿はどこにもない。

「乙馬も誘ったのだけど、用事があるみたいでもう登校しちゃったんですよねー。生徒会長に早朝の仕事の手伝いを頼まれたとか。うーん、いまの高校生って忙しいんですねー」

……オズめ、さては逃げたな？

そうこうしてるうちに朝食の準備が終わって、俺や彩羽も手伝って配膳完了。

光輝く白米、湯気のぼる味噌汁、だし巻き卵に焼き魚。

和を感じさせる食べ物が並ぶ食卓を、俺と彩羽と乙羽さんで囲むというシュールな絵面。

朝からギスギスした母娘の間に挟まれるのかと、絶望的な気持ちで臨んだ俺の前に繰り広げられていたのは家族同士の冷戦じみた重苦しい空気……じゃ、なかった。

「彩羽ちゃんと久しぶりに朝ごはんを一緒にできてうれしいわ〜。卵、ちょっと甘くしてあるのよ〜。ほら、あ〜んしてあげる」

「やめて！　センパイの前で恥ずかしいから!!」

「あんっ。もう、嫌がらないでもいいじゃない。最近仕事が忙しくてあんまり家にも帰れなかったから、寂しかったのよー？」

「せめて家の中だけにして！　センパインちでこんな子ども扱いされるとか、羞恥プレイにも程があるよ！」

「あら。じゃあ家の中では存分に甘やかしていいってことかしら。ひざまくらでよしよし頭を撫でてもいいのかしら」

「うにゃあああ良くないから！　やめてってばーっ!!」

……なんだこれ。

ごく原始的な甘やかし攻撃をジタバタ足掻いて拒否する彩羽。

子煩悩な母親と反抗期の娘というごく普通の光景――……。

いや、むしろ幸せ側に天秤が傾いてる光景だ。

禁欲的な環境を強いてる親と、娯楽を禁じられたその子……っていうシリアスな関係性はどこへ消えた？

「もう……高校からはやめてくれてたのに」

「うふふ。ごめんなさいねー。久しぶりだったから、ついー」

頬をふくらませる彩羽。

頬に手を当て、おっとりと理由になってない理由を述べる乙羽さん。

見てたら、素直な感想が口をついた。

「仲、いいんですね」

「仲、悪いと思われてたんですかー？」

「……嫌な返しをされますね」

もっとも、こちらの切り出し方も嫌なやり方だったのは否めない。

家族以外には俺だけが知る小日向家の掟。その厳粛すぎる教育方針から想像できる家族仲は最悪のはずだった。

だからいまの俺の質問は、自分の想像と目の前の現実のギャップを埋めたいがための下世話な質問でしかないわけで。

それに対して嫌な返しが飛んできても文句を言う資格はなかった。

「仲は、悪くないですよ」

彩羽が言葉の区切りで含みを持たせた。

あ〜ん

「ちょっと過保護なところは困っちゃいますけど」

「そっか。……乙羽さん、家だとこういう感じなんですね。前に会ったときと雰囲気が全然違うんで、びっくりしました」

「仕事と家庭は別の顔、ですからねー」

「そういえばセンパイ、どこかで会ったことあるんです？　昨日から、ママのことよく知ってそうな口ぶりですけど」

望まぬ母性の押し売りを拒否し、自分の箸でだし巻き卵をつまみながら彩羽が訊く。

「ああ、それなんだが。前に社長と――」

「大星君」

たったひと言に込められた圧に、言いかけた言葉がキャンセルされた。

言うな。

否、言うのは自由だが言えば死にますよ？　か。

とにかく乙羽さんのニコニコした顔、漫画の強キャラじみた細目からはそんなメッセージが感じ取れた。

被害妄想かもしれんけど。

「――朝のゴミ出しをしてるときとかに、ちょっとな」

「うふふ。乙馬や彩羽がお世話になってます～って、ご挨拶をね」

「なるほど？　……あ、おいし」

違和感を拭えてないのだろう、彩羽はきょとんとしたまま卵を口に入れていた。

まあ乙羽さんが口止めしたくなる気持ちもわかる。

あらゆるエンタメを制限しておきながら自分自身は世界に覇を轟かせる最先端のゲーム会社、天地堂を率いる社長だなんて、ポセイドンの矛とイージスの盾がぶつかり合うレベルの矛盾だしな。

ふと意地悪な発想が浮かんだ。

すこしだけ、揺さぶりをかけてみたくなったのだ。

いま俺たちが座ってる食卓からは、リビングに設置された大型テレビの画面がよく見える。

母娘関係が険悪じゃないなら、役者になりたいという彩羽の夢を本気で訴えたら、認めてくれるんじゃなかろうか？

それくらいの許容は期待できるのか、否か。

確かめたかった。

「ドラマ点けてもいいですか？　最近、ネチョフリのオリジナル作品にハマってまして」

「……っ」

彩羽の肩が跳ねた。

だが、俺は止まらなかった。

ごく自然な動作でリモコンを操作し、テレビの電源を入れる。

テレビのネット機能を立ち上げ、配信サービスにアクセス、視聴履歴から手っ取り早く最近観ていたシリーズのドラマを再生した。

「あら。……大星君は、そういう感じなんですねー」

「そういう、ですか?」

「テレビを置いてるんだなーと思いましてー。イマドキはスマホだけで完結して、テレビを持たない主義の子も多いと聞きましたからー」

「映画やドラマ、アニメは大きな画面で観たいんで」

「古風ですねー」

ニコニコと乙羽さんは普通に話してくる。

彩羽のいる前でテレビを点けるなと過剰反応してくるかと思ったが、どうやらそういう流れにはならないらしい。

それとも俺という他人の前だから、なのか。

もうすこし探ってみるか?

「でも、大星君。……食事中、それも、来客の前だというのに観たくなるなんて。よっぽどこのドラマが好きなんですね?」

「………」

ごくりと喉が鳴った。

無理に踏み込みすぎて、下手な行動を見せてしまったかもしれない。

小日向家の母娘関係を探ろうとした意図を読み切られ、逆に俺と彩羽の関係を探り返されてしまった。

彩羽に役者の道を進ませようとしてるって事実は、気取られちゃいけないのに。

たぶん乙羽さんは疑ってるはずだ。

俺がアプリゲーム制作集団《5階同盟》を運営してる事実を知っていて、そこにオズを巻き込んでいることには気づかれている。

しかし彩羽に関しては《5階同盟》の仲間にも最近まで伏せてきたし、外部の人間は誰も知らない秘密だ。

とはいえ実の母親が（それも大企業の社長を勤め上げるほどの才女が）娘の変化、娘の置かれてる環境から何らかの兆しを感じ取れないはずもなく。

ふーっ、と、ひとつ深呼吸。

「すみません、お行儀が悪かったですね」

「あら。気を遣わせてしまいましたねー」

「いえ。確かに来客時にすべきことじゃありませんでした。失礼しました」

そう言って、素直にテレビの電源を切った。

これ以上踏み込めば、俺たちの秘密は返す刀で一刀両断されちまう。

しかも彼女は、ハニープレイスワークス代表の月ノ森社長やUZA文庫のスーパーアイドル編集である綺羅星金糸雀と並び立つ一流の大人である。俺ごときが策を弄してどうにかなる相手でもない。

*

朝の通学路。

小日向母娘との不思議な朝食を終えたあと、身支度をして家を出た俺と彩羽は、ふたり並んで学校へ向かっていた。

いつもは月ノ森社長の目を気にして彩羽とふたりで通学なんて真似はしなかったんだけど。

今日はもちろん例外で。

「めっちゃ疲れる朝食だった……」

「あー、なんかサーセンでした。まさかママが私たちの愛の巣に踏み込んでくるとは」

「や、愛の巣ではないけどな?」

「ふたりだけのイケナイ秘密が満載のあの空間に侵略してくるとは！」

「嘘をつかずに最大の風評被害を目指そうとする性質の悪いマスコミみたいな手法はやめ

ろ。……それよりだな」

「想像してたよりギスギスしてない、って感じました？」

「鋭いな」

そう、それが訊きたかった。

わざわざ月ノ森社長からの目撃リスクを負ってまで一緒に登校してるのも、その話をしたかったからだ。

「まー、母娘仲は悪くないんですよ、実際。むしろ良すぎるくらい。えいっ」

「なんで意味もなくカバンをぶつけてくるんだよ」

「『意味もなく』ってわかってるのに、『なんで』って訊くんですか？　えいっ、えいっ」

「また妙な絡み方を……」

歩く動作に合わせてコツン、コツンと、彩羽は学生カバンを俺のふとももにぶつけてくる。

リズムゲームなら高得点だ。

まあべつに暴力と呼べるほど勢いよくぶちかまされてるわけじゃないし、目くじらを立てるほどでもないんだが、徒歩の感覚を邪魔されるので微妙にウザい。

あと言葉尻を取るようなセリフ回しもウザい。

「仲が良いからこそ、ママにがっかりされるのが怖いっていうか……ママもママで、過去に何かあったから、エンタメを見せたくないんだろうなーって、察しちゃうっていうか」

「本当に仲よかったら、カバンで小突けるのがお前だろ」

「母娘はまた違うんですよぅ。……てか、仕方ないじゃないですか」

彩羽はつんと唇をとがらせて。

「どうしてママに対して空気読みスキル発動してるのか、自分でもよくわかんないんですから」

「難儀なこったな」

「難儀なこったですよ。ホント」

「まあでも実際、まだあの人には声優の件は明かさないほうがいい」

「ほーん？」

見上げる彩羽の疑惑の眼差(まなざ)し。

「センパイ、やっぱりただのお隣さんじゃないですよね。ママとはどんな関係で？」

「聞かなかったフリ、できるか？」

「え、何ですかその確認。もしかして『友達の母親と湯けむり不倫旅行記Vol.3』なんですか」

「違うっての！」

ドン引き、と顔の横に漫画的書き文字表現が見える表情で後ずさる彩羽にすかさず突っ込む。

あんな怖い人妻と肉体関係なんて御免だ。

誘惑に負けた男から富も名誉も死ぬまで搾り取りそうな雰囲気あるし。

というかJKがAのビデオじみたタイトルを口走るんじゃない。あと地味にナンバリングでリアルにありそう感を演出しなくていいから。

「月ノ森社長に呼ばれた食事の席で会ったんだよ。——乙羽さん、ゲーム会社の社長やってるらしくてな」

「ママが……社長……？」

「そう。それも半端ないところだぞ。……天地堂だ」

「えええええええええええええええええええええええええええええ⁉」

リアクションありがとう。

だがいちおう清楚系優等生で通ってるその顔で、はしたない大声を上げるのはオススメしない。

まあ俺としてはこいつの本性がバレても一向に構わんのだが。

「ちょ、え、はい？　天地堂？　あの世界的配管工とかポケットな怪物とか緑の服の剣士が姫を助けにいくヤツとか作ってる——」

「あんまり大声でそのへんの情報を叫ぶのやめような？　なんとなく怖いから」

天地堂法務衆と忍者じみた名称で知られる日本最強の弁護士軍団の影に怯えた俺は、安全策を訴える。

「や、なんか現実味なさすぎて、頭がフワフワしてるんですけど……ママが、超一流企業の、社長？　え？　マ？」

「確かに言われてみたらなかなかの異常事態だな」

「なかなかってレベルじゃありませんよ！　センパイ、感覚麻痺してません⁉」

してるかもしれん。

物心ついたときから伯父がハニプレの代表取締役社長だったし、伯母はブロードウェイに出るレベルの舞台女優だし、何ならうちは両親からして微妙にそっち側の人間だし。最近では、出版社の一流編集者ともお近づきになったしな。

知り合いの知り合いぐらいまで行けば、天地堂の社長ぐらいそりゃあいるだろう、ぐらいの感覚だったけど、よくよく考えたらまったく普通じゃないよな。

「まあ、そもそも俺らのマンション、家賃高いし。家族全員、何の問題もなく平気であそこで暮らせてる時点で、裕福寄りの家庭なのは明らかなんだが……」

「平均的な一般家庭と思ってました……」

「平均詐欺だな。ハッハッハ」

「それ、センパイにだけは言われたくないんですけどぉ！」

ばしばしばし。

カバンをぶつけられる数が増えた。

鬱陶しいが、その行動自体には可愛げがあるように思えなくもないのがずるいよな、ウザくて可愛い女ってやつは。

「でも、ママがゲーム会社の社長って。私にはエンタメなんか触れるなって言ってるのに」

「お前視点じゃ矛盾だよなぁ」

「私の視点じゃなければ矛盾じゃないって言いたげですね？」

「ありえなくはない、と思う」

エンタメは、消費して楽しい。作っても、楽しい。

だから特別視されがちだが、世の中には単なる仕事として携わってる人たちもいるわけで。

その他のあらゆる職業がそうであるように——……。

「やりがいとか、夢だけで働いてる人間ばかりじゃない。生きてくために、お金を稼ぐために、淡々と、業務をこなしてる人だって大勢いる。……エンタメ企業だから特別な気がするだけで、そういう働き方をしてる場合も、あるっちゃあると思う」

「センパイが好きか嫌いかは別として？」

「俺としちゃ夢の見れない経営なんかクソ食らえだけどな。才能あるクリエイターたちに失礼だ」

青い意見なのは重々承知。他の価値観で経営してる人間も、また別の正義があるんだろうと、理解もしてる。

ただ自分はそちらに染まる気はない、というだけの話。

「あはっ☆　それ実質、ママに喧嘩売る気満々って理解でOKです？」

「そこまで好戦的じゃねえよ」

それにあの人が本当にそっち側なのかは不明だ。

あくまでも徹底した機械じみた効率主義、クリエイターの才能を無視した、極めて冷徹な意思決定の持ち主だっていうのは、一回の会食で垣間見せた一面に過ぎず。

あれだけで天地乙羽という人間のすべてを知れたなんて思い上がれるほど、生憎と俺の自己評価は高くない。

「ただ、その矛盾を指摘してもお前にとって良い展開になるとは思えない。まだしばらくは、《5階同盟》での声優活動のことは──」

「ふたりだけの秘密、ですね。りょーかいです☆」

「音井さんを含めて、三人の、な」

おどけた敬礼にすかさず訂正を差し込んだ。

彩羽はちょっとむくれて、こーまーかーいー、と不満たらたらの感情を音引きに込めて。

「正しさよりエモさがイマドキなんですよ？　そんなんだからモテないんですよ」

「ほっとけ」

「あはは。ムキになっちゃって～」

より正確に言えば三人以外にもいるんだけどな。オズとか月ノ森社長とか。

ただまあそのあたりにバレた理由を説明するのは難しい（妙に察しのいい奴らだからバレたとしか言いようがない）ので、あえて言わないでおくが。

「まあ、私はセンパイについてくだけなんで」

自分事なのに。

どこか他人事みたいに彩羽は言う。

でも、それでいい。

「どのタイミングで、どんなふうにママと話すのかとか……そのへんも全部お任せってことで、甘えちゃっていいんですよね？」

「ああ。約束だしな。……これまで通り、任せてくれ」

面倒な意思決定も、利害関係者との細かな駆け引きも、諸々の手続きも。

煩わしい無駄な雑事に気を取られることなく、存分に才能を発揮するのが天才の仕事。

心を乱す自分事をすべて他人事に変換してやることが、天才じゃない俺がこいつらみたいな天才に与えてやれる、唯一の価値なんだから。

「頼りになるぅ～。えへへ。じゃ、存分に甘えちゃいまーっす☆」

「フィジカルな甘えを認めた覚えはねえよ」

なついた猫みたいにまとわりついて、俺の背中にぐりぐりと頭を擦りつけてくる。

「てか、そういうのは……」

「誰も見てませんよぅ。うりうりうりっ」

「見てるよ?」

「ぎゃーっ⁉」

「うおっ……ま、真白⁉」

耳元ゼロ距離、前振りゼロ秒、何の前触れもなく声をかけられて、俺と彩羽は悲鳴を上げて体を離した。

浮気発覚ASMRなんてコンテンツが存在したらこんな感じか?

どこにも需要なさそうだな、それ。……いや、あるかもしれんが、少なくとも俺は買わないな、うん。

ともあれ振り返るとそこには真白がいた。

呪い人形みたいなじと目でこっちを見ている。

「もう、驚かさないでくださいよぅ」

「驚いたのはこっち。一緒に学校行こうと思ったのに、先に出ちゃってるんだもん」

「えー、普段と同じ時間に出てますよ? お寝坊さん気味だったのは真白先輩のほうなんじゃないですか?」

「文化祭、疲れたから……。MP、枯れてて。お布団、出られなかった……」

わかる。めっちゃわかる。

行事の浮かれた空気感そのものはべつに嫌いではないし、何なら今年はせっかくだから勇気を出して盛り上がってみるかぁ！　と気合いを入れて全力で楽しんだはいいものの、人混みや喧騒が得意になったわけじゃないからゴリッゴリに体力と気力が削られてて、アドレナリンが無尽蔵にあふれてるボーナスタイムが終わった瞬間に毛穴という毛穴から魂がぶしゅうと音を立てて抜けていくんだよな。

「ていうか真白先輩、いつもべつにセンパイと一緒に登校してませんよね。なんで今日は一緒に行こうと？」

「それ、彩羽ちゃんが言う？　……わかるでしょ」

「むっ。……ははーん、なるほどですねー」

「つまりどういうことだ？」

「センパイは黙っててください」

「アキは黙ってて」

「お、おう」

やっぱ俺にだけ厳しくないか、お前ら？

まあ仲が良さそうで何よりだけど。

「油断も隙もないね、彩羽ちゃん」

「私が先手取っちゃっただけで、目論見自体はお互いさまじゃないですかねー」

「…………（じとーっ）」

「…………（ニコニコ）」

仲、いいんだよな？

無言のまま見つめ合う目と目の間に電撃エフェクトがバチバチ見えるのは、俺の目が腐ってるだけだよな？

「香水をさりげなく香らせるテクニック。ただでさえ可愛い顔で視覚の魅了性能高いのに嗅覚の制圧まで狙ってる。強欲」

「そぉーいう真白先輩も、まつ毛周りのケア変えてますよね？　センパイ好みのミステリアス感を盛ってて可愛すぎるんですけど？」

「は？　変な言いがかりやめて。彩羽ちゃんのほうが可愛いから」

「いやいや真白先輩のほうが――」

「いやいやいや彩羽ちゃんのほうが――」

「いやいやいやいや――」

あ、大丈夫だこれ。

ふたりともめっちゃ仲良いわ。

攻撃的な眼差しのまま互いに相手がいかに可愛くてズルいかを言い合うふたりを眺めながら、

ほっこりした気分になる。

「何、ほっこりしてるの。そもそも、アキが悪いんだよ」

「流れ弾⁉」

「真白とのニセ恋人関係、やる気あるの？　意識低すぎ」

「それを言われるとつらいんだが……お、おい、真白？」

「ほら。意識高く、イチャイチャしよ」

そう言って、真白はおもむろに腕を組んできた。

すると彩羽が――……。

「べーつーにー恋人同士だからって公衆の面前でわざわざくっついたりしないと思うんですけどおおおお。逆にリアリティないっていうか、わざとらしくて、ニセ恋人だってバレちゃうんじゃないですかああああ」

「彩羽ちゃんがそれ言う？　さっきまでくっついてたくせに」

「私は恋人じゃないですもーん。矛盾じゃありませんもーん。センパイの重りになるのは後輩の役目ですもーん」

「へりくつ。リアルなカップルは、こうしてる」

「リアルを追求するなら、センパイは私と絡むべきだと思うんですよ。仕事デキる男は、本命の彼女ができたらすぐ浮気するらしいですし！」

「なんだその偏見にまみれた情報は。クソゴシップ記事か？」

「茶々良に聞きました！」

「あいつロクなこと吹き込まねえな」

茶々良ってのは、フルネーム友坂茶々良。一年生で彩羽に次ぐ二番目の成績を誇る優等生にしてピンスタグラムで１００万フォロワーを超える驚異のインフルエンサーでもある。

目の上のたんこぶである彩羽を無駄にライバル視していたが、何か知らないうちに仲良くなっていて。

たぶん彩羽にとって良い親友になってくれるであろう、面白い女だ。

今度会ったらクソゴシップ友坂の異名で呼んでやろう。

ていうか左右に引っ張られて体が痛い。

それでいて、月ノ森社長に見られたら完全アウトな光景をこのまま続けたくもない。

あの人、単に青春アンチなところもあるから。

真白とのニセ恋人関係をしっかり演じてたとしても、苦い過去（たぶん仄暗い何かがあったんだろう）を思い出すイチャイチャな姿なんて見られた日にゃあ格闘漫画のキャラの如く血管ブチブチになるだろう。

「あー、お前ら。そろそろいい加減にしろ。公道であまり悪ふざけは――」

「アキ、しゃらっぷ」

「センパイのターンないんで！」

あっ、はい。

一説によると日本は男尊女卑の残る社会と言われてるらしいが、俺には全然実感できなかった。

つええよ、女子ども。

＊

『オズもそう思うよな？』

『…………』

『オズ？』

『…………ん？　ああ、ごめん。もうイチャつき終わった？』

『なんでヘッドフォンしてすべての外界の音を遮断してるんだよ』

『どうして？』

『イチャイチャ空間が鬱陶しいから』

『直球すぎる。……お前、彩羽や真白を俺とくっつけたがってなかったっけ』

『僕はそうだよ。でもここでの僕は、ごくごく客観的な、たとえばアキの人生を天上から見下ろしてる神様みたいな、まるっきりの第三者と同じ感想を言わなきゃいけないからね』
『客観的に鬱陶しい状態なのか、俺……』
『かなりね』
『ぐう……』

Tomodachi no imouto ga
ore nidake uzai

友達の妹が
俺にだけ
ウザい

第2話　先生の土下座が今回は本気

学校の授業はあまりにも非効率的だ。

わざわざ登下校に時間を使い、騒がしい同級生の中という集中力削減環境に身を置き、現在の自分の理解度にかかわらず、常に他人と同じ勉強をさせられる。授業風景を動画にしてオンラインで学べば、時間にも場所にも習得レベルにも縛られず、効率的に学べるのに、なぜ学校は通信技術が進歩した現代においても旧態依然としたシステムを維持しているのか。
と、そう思っていた以前の俺にあえて言いたい。

馬鹿め、と！

我が家から遠く離れた、閉鎖空間。

それはすなわち子どもが家族から解放され、家庭内では見せなかった顔を見せることができる、貴重な環境であるわけで。

まあつまるところ何が言いたいかというとWママの圧を感じない環境マジ最高！　ってことだ。

いやー、自由。圧倒的、自由。

乙羽さんと海月さんに襲撃された昨夜はマジで心が休まらんかったし。

今朝に至っては、朝食の味もよく憶えてない。

もちろん朝食を作ってもらったこと自体は感謝してるんだが、ただそれをしてくれたのも、何か裏の意図がありそうだしなぁ……。

中学時代からすでにほとんど両親と同居しておらず、ひとりに慣れきってる俺にはその発想が欠けていたが、なるほど年頃の学生にとって学校ってのは、ある種の逃げ場でもあるんだなと遅ればせながら気づかされた。

彩羽や真白も教室ではさすがに無茶な絡み方をしてこないし。

なんだかんだで、いま俺が最も集中できる環境って、学校の教室なんじゃなかろうか。

オズと真白以外、誰も話しかけてこないから静かだしな。ＨＡＨＡＨＡ。

……エゴサでもすっか。

微妙に悲しくなってきて、俺はスマホを取り出した。

家庭からの逃避先である教室からの逃避先として、ＳＮＳ空間を選んだ俺を笑うがいいさ。

ＨＡＨＡＨＡ……。

隣の席にいる真白と会話……ってのも一瞬考えたが、ちらりと横目で見てみると、真白は何やら真剣な表情でスマホをいじっていた。

そういえば外出時や空き時間はＰＣじゃなくてスマホで小説を書いてるって言ってたっけ。

ＵＺＡ（ユージーエー）文庫でデビューして巻貝（まきがい）なまこ先生の後輩になれるかどうか、それはこういう細かな努力の蓄積の末に決まるんだろう。邪魔したら悪いし、ここは話しかけないほうがいいだろう。

　頑張れよ、真白。

「お。２００万ＤＬ記念イラスト、好評みたいだな」

　ニッコリした。

　鬱い気分など吹き飛んでいた。

　我が《５階同盟》の代表作にして唯一の作品、スマホゲーム『黒き仔山羊の鳴く夜に』。

　ニッチながらも密（ひそ）かな人気を維持しながら、コツコツと運営し続けてきたこのゲームが大台の２００万ＤＬを突破したのはつい最近のこと。

　担当イラストレーター紫式部（むらさきしきぶ）先生が涙しながら描き上げた記念の一枚は、多くのユーザーの胸を打ったらしく、ＳＮＳには絶賛のコメントが寄せられまくっていた。ちなみに涙の理由は、過酷なスケジュールのせいだ。

　すまん、紫式部先生。

　今度いいお酒を入れておくから、許してくれ。

　ただまあ、好評に甘えてばかりもいられない。

　俺たちの道筋が安定かといえば、マイナス材料もそこそこあって――……。

「エゴサ中？」

そう声をかけてきたのは、俺の親友。

教室で話しかけてくれる数少ない人間のひとり、オズこと小日向乙馬（こひなたおずま）。

生徒会を手伝うとか何とか言って朝のママタイムから華麗に離脱してみせた男がにこやかな王子様スマイルを浮かべながら着席する。

おはよおおおお！　と女子の黄色い挨拶（あいさつ）に、笑顔で無言で（ついでに無感情に）手を振り返すオズに、俺は質問への答えを短く口にした。

「まあ、ちょっとな」

「フフ。うれしそうだね」

「そりゃそうだ。紫式部先生の絵がこんな大勢に楽しまれてるんだからな」

「プロデューサー冥利（みょうり）に尽きる、ってところかな？　紫式部先生、もともとニッチな人気はあったけど、イベントにしか出てないショタ同人誌描きで、メジャー志向ゼロだったからねえ。『黒山羊（くろやぎ）』で全年齢向けの可能性を提示できたのは、アキの成果だよね」

「まあ俺なんかがやらなくてもいずれ誰かが見出してたと思うけどな。いまの時代なら勝手に有名になってた未来もあるかもしれんし。……でもまあ、ひとつの結果を残せたことは、素直に誇ろうと思う」

「――と、言うわりには、安心しきってもいないね」

「やっぱお前にはわかるか」

伊達に長い付き合いじゃないな。

すべてお見通しと言わんばかりのオズの目に、俺は軽く肩をすくめてみせた。

確かに《5階同盟》のハニプレ入りは盤石、順風満帆の展開に見えるかもしれない。

だが、俺たちとは関係ない場所で、業界の環境は常に変化しているわけで。

「ハニプレの四半期決算、見たか？」

「八月に発表してたやつ？」

「それだ。……それ見て、ちょっと危機感を持ってさ」

「危機感を持つような情報あったっけ。むしろ売上の進捗、絶好調だった気がするけど」

「そう、絶好調なんだ。……それが問題でな」

「……？」

ピンときていないんだろう、オズが首をかしげている。

「決算によれば、ハニプレの決算を支えていたのは主にコンシューマーゲーム。ハニステ４の新作が国内、海外の両方で複数タイトルが初速で実売３００万本以上。まだまだ売り伸ばしも期待できるって話だ」

「天地堂の決算も凄まじかったけど、最近、日本のゲームが世界でもかなり存在感あるよね」

「ああ。……だが、スマホゲームには、やや向かい風でな」

「スマホゲーム部門も黒字だったと思うけど」

「見た目の数字はな。だが、その内訳を見ると楽観視はできないんだよ」

俺はスマホでハニプレの公式サイトにアクセス。

決算資料の画面をオズに見せる。

「大きく貢献したタイトルとして挙げられてるのは、ハニプレがここ数年運営してきた、すでにヒットしてる作品群だろ？」

「そうだね。『黒山羊』の新システムを考えるときに参考にしてるゲームもいくつかあるね。でも、それが？」

「新作がないんだよ」

「あっ……。確かに、去年から今年にかけて新しくリリースされたスマホゲームは、ほとんどサービス終了になってる……」

「そういうことだ」

最近は開発費や広告費の高騰、海外メーカーの攻勢もあって、国内のスマホゲーム開発は、逆風のただ中にある。

戦略なく突っ込んで勝てるほど、甘い市場ではなくなった。

もちろん昔から甘くはなかっただろうが、それはさておき、成功難易度が上がり続けているのは間違いない。

「コンシューマーの好調、新作スマホゲームの不調。この流れが続くと《5階同盟》はすこし困ったことになる」

「……ハニプレが、僕らに市場価値を感じてくれなくなる、みたいな？」

「そうだ。こっちは無料ユーザー含めてようやく２００万ＤＬ。あっちは有料で３００万本。いくら俺らがまだ高校生だから大目に見られると言ったって、この差は大きすぎる。スマホゲームへの投資を減らされたら、『黒山羊（くろやぎ）』に割ける予算はないかもしれん」

「このままじゃ。そういうことだね？」

「ああ。成長が必要だ。せめて、ＤＬの数字だけでも３００万……４００万を突破して、関連商品を購入してくれるコアなファンの絶対数も多いんだってところを、見せつけてやる必要がある。気がする」

「そのために必要な作戦も――」

俺はうなずいた。

当然、もう、考えてある。

スマホを操作し、決算資料のタブを閉じて、ある画面に切り替える。

「まずはコイツだ」

「ピンスタグラムの画面だね。えーっと……ＳＡＲＡ（サラ）？」

そこに映し出されているのはフォロワー１００万人超えのピンスタユーザーのホーム画面。

ＴＨＥ今風の若者。

そうとしか呼べないチャラいプロフィール写真。

実在してるのかも不明な無駄に洒落たカフェの店内写真。

本当に全部完食してるのかと疑いたくなる高級スイーツの写真（多数）。

これっぽっちもピンスタに触れてないオタクである俺が、はいはいこれがピンスタだよね、うん知ってると、ミリも知らんくせに適当な漠然イメージを語るとこうなるって感じのテンプレピンスタ風景だ。

だがこのあたりまえのような画面も当然、一日にして成らず。

努力の蓄積の末に、たどりついた境地。

「コイツ、本名を友坂茶々良っていってな。ここには書いてないが、香西高校の一年生。……それも、特進クラスだ」

「友坂茶々良……ああ、名前は聞いたことあるよ」

「彩羽からか？」

「ううん。生徒会長の仕事を手伝ってるときに、ね。この子、確か一年生の学年2位だよね。データベース作業をしてるときに、成績優秀者の情報にちらっと触れたことがあってさ」

「あー、なるほど。今年からよく会長の手伝いしてるもんな」

オズの謎主人公性能が引き寄せた、美人生徒会長との出会い。

いろんな美少女との幸運な遭遇を経験してるオズだが、なんだかんだで今日まで関係が続いてるのはこの生徒会長くらいかもしれん。だとしたら、何か特別な縁ってやつがありそうだが、それはまあいまの本題じゃないから置いといて、と。

「どうやらこの子、彩羽の友達になってくれたみたいでな。その縁をうまく繋いで、どうにか手を組めないかと思ってる」

「ピンスタグラマーと、ねぇ。うーん」

「微妙な顔だな」

「いや、アキのことだから何か計算があるとは思うんだけどね。ほら、『黒山羊』のユーザーって基本オタクじゃない？　ＳＮＳの中でも正反対の属性のユーザーが集まってるピンスタは毛嫌いしてるから、変な組み方をしたら炎上しそうだなぁって」

「ああ、順番を間違えたら、そうなるだろうな」

　縁だけのゴリ押しで宣伝なんてさせてみろ。そのゲームを好きでも何でもないけどお金と縁で無理矢理紹介してますぅ、と自ら白状してんのかと問い詰めたくなるような、違和感まる出しの、気まずい空気が漂うクソコラボの出来上がりだ。

「うちのユーザーもピンスタグラマーＳＡＲＡとなんざ組んでほしくねーって怒るだろうし。友坂のほうも、オタク向けの作品を毛嫌いしてるからな。そう簡単にはいかない」

「聞けば聞くほど協力は無理ゲーだって聞こえるね」

「すぐには、な。……ここは持久戦だ」

「持久戦」

「地道な普及活動だよ。彩羽を通して、オタクコンテンツに触れさせまくるんだ。まずはリア充にも心理ハードルの低そうなオサレ系のコンテンツから始めて、徐々にオタク寄りの作品に慣れさせていく。気づけば沼、って寸法だ……。ふっふっふ」

「悪い顔だねえ」

そう言いながら、クククと楽しそうに笑うオズ。

王子様めいた甘いマスクに黒い笑みをのせてるお前の方がよっぽど悪い顔に見えるぞ？

まあ、とはいえ。

「友坂はオマケだ。協力してもらえるか不確定要素が多いし。彩羽と自然と仲良くしてくれれば、とりあえずは満足だよ」

自分の力だけでコントロールできない事に対して、過剰な期待は禁物だ。

あくまで、そうなったらいいな、の話。そんなあやふやなものを前提に『黒山羊』の成長戦略を組むわけにはいかない。

「まあ、まずは、引き続き質の高いコンテンツをどんどん投入していくのが大前提だ」

現代は世の中にエンタメが溢れている。

ゲーム業界だけでも毎月数十本のコンシューマーゲームが発売され、百とも千とも言われる数のスマホゲームが現役で運営を続け、インディーズゲームもすでに飽和状態。

横を見ればアニメに映画に漫画にラノベに動画配信に生配信にと、毎日のように新しい娯楽が供給されている。

一日でも話題が途切れれば、他のコンテンツに一気に客を奪われて、二度と戻ってこれないこともざらだ。

圧倒的な質と量を求められる過酷な競争環境、戦場の真ん中に俺たちはいる。

「キャラもシステムもシナリオも、これまで以上に、質、量、ともに増やしていきたいと考えてるし、ゲームとは別の方向から作品認知を高める方法も考えてる」

「フフ。いいね。楽しくなってきそうだよ。……あ、でも、ちょっと耳に入れておきたいことがあるかも」

「お、どうした？」

オズにしては珍しくあらたまった言い方に、俺は首をかしげて訊き返した。

「今朝、生徒会長に呼び出された用件なんだけどさ。実は、ちょっと本気めの相談をされちゃってね」

「ついに告白か！」

ガタッ、と前のめりになる。

中学時代から数えてもう何年になるだろうか。教室に馴染(なじ)めず、人との関(かか)わり方を知らないオズにいろいろとレクチャーし続けてきた俺の親友主人公化計画……ついにリアルで彼女ができるまでになったのか！

……いやまあすでにこいつモテモテだし、あとは自分の意思次第だったんだけどな。

「やだなぁ、そういうのじゃないよ」

オズはあははと苦笑して。

「人の色恋沙汰に目を輝かせるのは趣味悪いよ？」

「お前にそれを言う資格があるとでも？」

さんざん俺と彩羽、真白に対してやってきてるだろうが。

まあ、棚に上げてるのはお互い様なんだが。

「じゃなくて。うちの学校、三年生は二学期で生徒会役員を引退する必要があってさ。近々、簡易の生徒会選挙をやって、新生徒会を組成することになるんだ。……僕にいろいろと頼み事をしてたあの人も――」

「引退、か」

「うん。たぶん次の会長は、二年生から翠(みどり)部長が選ばれるんじゃないかって言ってた」

「あー、納得だな」

翠部長こと影石(かげいし)翠。

俺たちは以前、彼女が部長を務める演劇部を手伝ったことがあって、そのときの癖(くせ)で翠部長と呼ぶ癖がついてる。

二年生の特進クラス所属。入学以来、定期テストで全教科満点を続けている、優等生のなかの優等生。成績モンスター。知の百獣の王。理数科目から保健体育まで、脳味噌にすべてを蓄積せし、歩く図書館。全知全能の……ああもうこの辺でいいか。とりあえず漫画でもそんな奴いねえよとツッコミたくなる雑に秀才な女子である。

我が香西高校文化祭――通称、金輪祭の実行委員長も務めた彼女は、主催するミスコンでの軽妙なトーク（音井さんにいじられてただけ、という説には目を瞑る）でも生徒たちの心を摑んでいた。

絶妙に抜けたところがあるせいか嫌味がなく、同級生からの信頼も愛され力も高い。

次期生徒会長にふさわしい器といえるだろう。

「で、頼まれちゃったんだよね。新しい生徒会になっても――」

「手伝ってほしい、と」

言いかけた台詞にかぶせるように、俺は先回りしてそう続けた。

そう、とオズはうなずいて。

「返事は保留にさせてもらってるけどね。アキと相談してから決めようかと思って」

「俺の？　……あー、もしかして気を遣ってるのか」

「うん。生徒会の仕事が増えたら『黒山羊』に割ける時間は減るから」

引け目を感じている、というわけじゃなさそうだ。

オズだって、俺がどう返事をするのか完璧に予想しているはずで。

これはただの手続き。

俺に対するオズなりの誠意の表し方だろう。

だから俺はそれに応えて、こいつの想像からミリもずれない完全一致の返事をしてみせる。

「いいじゃないか。生徒会活動、青春ぽくていいと思うぞ」

「ん、ありがとう。でも『黒山羊』の作業も減らさなくていいように調整はするから、そこは安心して」

「ああ、頼りにしてるぜ」

ニッコリと微笑むオズに、俺も爽やかに返した。

正式に生徒会の手伝いをすることになれば、これまでよりも拘束時間が増えることは容易に想像できる。正直に言えば、オズの作業時間が減るのは『黒山羊』にとって大きな損失なのは間違いない。

フルタイムでオズの技能を頼れるなら、コツコツと貯めてきた『黒山羊』の売上を外注業者の発注費用に回して、コンシューマーにも対抗できる、更にハイクオリティなゲームを新たに開発することも選択肢に入れられる。

だが、それじゃ意味がない。最初の目的を達成するためには、その選択肢は逆に非効率的だから。

オズが周囲に溶け込んで学校イベントを体験し、その過程でコミュニケーション能力を向上させていけるなら、それが一番だ。

「あはは。ホント、アキは」

俺が何を考えてるのか読み取ったかのように、オズが苦笑を漏らした。

「自分は青春を投げ捨ててたくせに。僕にだけ優しいんだから」

「……最近は、自分のことも見直そうとしてる」

「そ。なら何より」

「あとべつにお前だけ優しくしてるつもりはないぞ」

「そう？　紫式部先生には厳しいと思うけど」

「何言ってんだ。健康のツボを勉強してるのも、高い酒を式部先生が買ってうちにストックするための予算を割いてやってるのも、すべてはあの人に気持ち良く創作活動をしてもらうためだぞ」

「〆切の温情は？」

「それはない」

残念ながらそれは無理な相談だった。

……ブルル。

そんな会話をしていると、ふいにポケットの中でスマホが震えた。

画面を見てみると……驚いたことに、差出人は菫先生。

噂のその人で。

ＬＩＭＥには、こう書かれていた。


『今日、ちょっと相談したいことがあって。……お昼休み、いつもの場所に来てくれる？』

＊

薄暗い室内に鋼鉄の処刑器具の輪郭がぼんやり浮かぶ。

現代日本にそぐわぬファンタジー世界観を唐突にぶち込んで許される施設は、我が校には、ここ、生徒指導室以外にはない。

九月とはいえ夏の気配をまだ色濃く残す季節、狭い部屋の中には湿気た鉄や革の香りが満ちていた。

ファラリスの雄牛っぽいやつとか。アイアンなメイデンなやつとか。

法律的に大丈夫か？　と首をかしげる品物の数々が置かれているがいちおうこれらは偽物なので通報案件をかろうじて免れている。表向き、美術部や演劇部の備品を一時的に保管してるってことになってるが、実際は紫式部先生の作画資料である。そっちの公私混同っぷりは、普通に通報案件だ。

で、その罪の空間の主たる王……いや、女王は、女王らしく玉座で待ち構えていた。

美しい菫色の髪。

ギリシャ彫刻めいた引き締まった美ボディをきっちりと包むスーツ姿。

黒ストッキングが映える長い足を優雅に組んで、玉座……っぽい、コスプレ撮影用の椅子に、我が教室の担任教師、《猛毒の女王》影石菫が余裕たっぷりの淫靡な笑みを浮かべている。

威圧的な女王の風格。

教室、あるいは大勢の目がある場所以外でこのモードなのは珍しい。

「珍しいですね。〆切以外で、この部屋に呼び出すとは」

「ある意味、〆切の話よ」

「ん？　いまは何の作業も振ってないと思いますけど」

最近200万DL記念イラストを描かせたばかりだから、ちょうど発注と発注の谷間だ。

……何か様子がおかしいな。

「てか、どうしたんですか。ここまで会話しても鉄仮面が剝がれないのは、わりと不気味ですよ」

「今日は情けない姿を見せたりしないわ」

「ほう」

「毅然とした大人の態度であなたに告げるわ、大星（おおぼし）君」

熟練の暗殺者にも似た鋭い眼差（まなざ）しで俺を射抜き、菫はよく通る声でハッキリとこう言った。

「しばらくイラストの発注を抑えてほしいの」

「断る」

「秒で断らないでよぉ！」

「いや、だってあんた、そりゃあ無理ですよ」

「事情も聞かずに断るとか横暴すぎるわよ！　この暴君！　独裁者！」

「うーん。確かにいまのは独裁が過ぎましたね。反省しました」

「わかってくれたのね⁉」

「『紫式部先生がイラストの発注を抑えてほしいらしいんだが』……っと」

《OZ》ダメです

《巻貝なまこ》慈悲はない

「では、民主主義に則（のっと）って却下……ということで」

「こんなの多数決の暴力よおおおおおおおおおおおおおおおお‼」

――どっちだよ。

数秒前の決意を紙切れの如く吹き飛ばし、涙ながらにすがりつく菫。

目と鼻からあふれ出す液体で制服の袖が汚される有り様に、はーっ、とため息をつきながら。

「で、理由は？」

「聞いてくれるの⁉」

顔を押しのけつつ譲歩してやると、菫の表情は絶望から希望へ早変わり。

「事と次第によっては考慮する努力をするよう前向きに善処したい気持ちが芽生える可能性がなきにしもあらず」

「保険かけまくり⁉　どんだけアタシを休ませたくないのよぉ！」

「冗談だっての。事情、話してみ」

あごをしゃくって先を促す。

う、うん、と菫はうなずいて、おずおずと口を開いた。

「そろそろ修学旅行の時期でしょう」

「修学旅行……？」

「なんで疑問符なの⁉　二年生の行事よ⁉　アキも余裕で関係あるヤツだからね⁉」

「あ、ああ……そういえば、そうだった」

素で忘れてた。

我が香西高校の修学旅行は二年生の十月に決行される予定になっている。

沖縄に行きたい？　京都に行きたい？　それともグアム？　みたいな、選択肢を提示してるようでいてべつにしてないタイプの質問を生徒たちに投げかけるでもなく、うちの学校では、教員側が一方的に行き先を決めるのが通例だった。

ここらでは屈指の進学校であるためか、情操教育の一環たる修学旅行も、しっかりと歴史と伝統ある、学びの多い場所へ行かせるべしとの価値観らしい。

……いつもあんなにＩＱ低い雰囲気が漂ってるくせに、急に進学校らしい面を見せてきやがる。なんなんだ、この学校は。

それはさておき。

ホームルームでの大々的な告知がなかった以上、修学旅行を意識するとしたら友達との会話の中でさらっと出てくるぐらいのものだろう。

教室でほぼひとり。オズや真白も陰の者だからか、あまり修学旅行を話題にしてこなかったせいもあって、俺の脳味噌からその話題はぽっかりと抜け落ちてしまっていた。

悲しくなってなんかないぞ？　自分の存在感の薄さくらい客観的に理解できてるからな？

「悲しくなってるところ悪いけど、続き話していい？」

「……どうぞ」

なってないっての、と突っ込む気も起きなかった。

「でね、アタシ、その修学旅行の担当になっちゃったのよ」

「ふむ。……担当って、何やるんです？」

「当日の段取り調整、旅館選びにバスの手配、修学旅行実行委員会と一緒に当日のサプライズイベントの企画をしたり」

「へえ。教職員、何人くらいで担当するもんなんです？」

「一人よ」

「うっそだろオイ」

ツッコミ不可避だった。

敬語なんて維持できるはずもなかった。

「もともと学校が毎年使ってるホテルがあったんだけど、ほぼ癒着っていうか。いままで何となく使ってきたから使い続けてるだけ、って感じで、景観も良くないし、料理も美味しくないし、面白いレクもできないしで、去年までの生徒たちからの修学旅行の感想があんまり芳しくなくてねぇ。……ビジネスマンが出張で泊まるぐらいなら充分すぎるレベルのホテルではあるんだけど、子どもたちの人生に一度の青春の思い出だって考えたら、もっと良い環境があるんじゃないかって会議でうっかり意見しちゃって」

あははと菫は苦笑しながら頬を掻く。

「『面白いこと考えるね。じゃあ仕切りをよろしく』と、教頭に丸投げされたのよ。ホント、まいっちゃうわ」

「そうなるのが嫌でいままで他の教師たちは誰も何も変えようとしなかったんだろうな……。でも、すこし意外でした」

「ほえ？　何が？」

「いや、修学旅行に積極的なんだな、と。部活動では活動が活発な運動部から逃げたがってたし、イラストの時間が削れるような面倒事は、引き受けないように立ち回ってるんだとばかり思ってたんで」

「あー、そこはアキの影響よ」

「あんたの価値観を染めちまうような調教を施した覚えはないんだが」

「夏休みよ、夏休み。うちの実家での話」

けっこう遡る話だった。

以前、俺含め《５階同盟》の面々（巻貝なまこ先生以外）で、海に旅行に行ったときのこと。菫の運転する車に連れてかれた先が何故か海ではなく山奥の寂れた村だったというクトゥルフのシナリオ冒頭にしか思えない展開だったアレ。

なんやかんやあって菫の抱えていた家族問題を（部分的に先送りの問題を残しつつも）解決したんだっけ、確か。

あの件を経て、菫はしばらくは教師を続けるが、自分自身の道を決断するために家を飛び出すことになったのだ。……まあ、一族の長である彼女の祖父は、事情を全部察した上で陰では認めてくれていそうな雰囲気だったけど。

「いつでも教師を辞められる、って思ったら、逆に気が楽になったのかな。教師仕事のモチベも上がっちゃって。生徒たちのために何が一番いいんだろう？　って考えてたら、修学旅行では楽しい体験をしてほしいなーって」

「すご……まるで先生みたいだ」

「そのまま先生なのよう！　どう見ても美人女教師でしょ？　ビシィッ！」

ドヤ顔で黒ストッキングの美脚を強調してみせる菫。

そういう残念なところさえなければ、他意なく同意できたんだがなぁ。

「コミケの空気が大好きな古（いにしえ）のオタクとしてはさ、イベント事を楽しみたい〜って気持ちが、よくわかっちゃうのよ。去年までの生徒の事後アンケートで、不満が残ってそうなコメントが寄せられてるのを見たら、どうしても放置できなくて」

「わからないでもないです。俺も、コミケ参加は先生と会ったあの日が初めてでしたけど。ものすごい熱気で、あの場の一体感とか、高揚感（こうようかん）みたいなものは、刹那（せつな）的ではあるけど、だからこそ尊いと思えました」

「うんうん。……今回は確かに学校の都合に巻き込まれたっていうのもあるんだけど、アタシも、生徒のみんなのためにひと肌脱ぎたい気持ちもあるのよ。ただ、普段の授業の上に、自分ひとりでこのあたりの仕事を仕切るとなると――」

「――イラストに割く時間がない、か」

こくりと菫がうなずく。

上目遣いで、窺うように俺の顔を見上げて。

「だめ、かな？　これはさすがに、ワガママすぎる？」

「………。いえ、大丈夫。わかりました」

正直、すこし迷った。

返事に要した数秒の間が俺の本音だ。

しかしここで彼女の望みを一刀両断してしまうことは、俺にはできなかった。

菫の人生における幸福の最大値を考えたら、いまは修学旅行関連の仕事をするのも大事に思えたから。

彼女は彼女のしたいようにしていい。

クリエイターの時間をどう確保するのか、確保できなかったらどんなふうに穴埋めすべきか、それを考えるのはプロデューサーである俺の仕事だ。

だから。

「えーっと、ホントに大丈夫？」

「ああ、心配すんな。……楽しい修学旅行をプレゼントしてくれよ、先生」

なるべく内心の焦り(あせ)を見せないように、そう言って笑ってみせた。

……さて。

３００万ＤＬに向けてもうひと押し、コンテンツを追加していくための手立て。

イラスト以外にも、何か考えないとな。

＊

『アキが原稿回収に寛容なんて……大丈夫？　熱でもあるんじゃ？』

『お前の中で俺はどんだけ鬼キャラなんだ』

Tomodachi no imouto ga
ore nidake uzai

友達の妹が
俺にだけ
ウザい

5階同盟(4)

AKI
とまあそんな感じなんで、しばらく紫式部先生のイラスト作業をストップすることになりました

AKI
昼休み中の唐突な情報共有、失礼しました

巻貝なまこ
おいおいマジかよ

紫式部先生
ごめんね！　どこかで埋め合わせするから！

OZ
ダメです

OZ
とは言ったけど、AKIが認めたなら僕に拒否する権利はないよ

紫式部先生
ちょっと不意打ちやめてぇ！

紫式部先生
意思決定をAKIに全部委ねちゃう超依存体質とか美味しすぎるヤツを唐突にブッ込むのやめて!!

紫式部先生
尊すぎて死んじゃう！

AKI
式部

紫式部先生
あ、はい。ごめんなさい。調子に乗りました

OZ

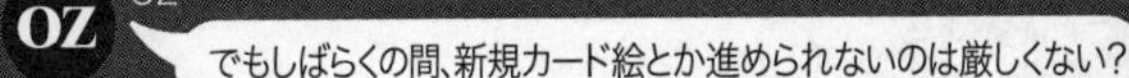

でもしばらくの間、新規カード絵とか進められないのは厳しくない?

AKI

まーたしかに

AKI

どうにか手を打たないと。考えてみるよ

OZ

いままで実力を隠してたけど実は絵を描ける、みたいな人いるのかな?

OZ

ちなみに僕は無理

巻貝なまこ

絵か…描いたことないけど、ちょっと試してみるか

AKI

そんな。忙しい巻貝先生にお願いするわけには

巻貝なまこ

こんなんなった

巻貝なまこ

AKI

忙しい巻貝先生にお願いするわけには

OZ

まったく同じ文章のコピペで遠回しにお断りしてるのはさすがに笑うよ

巻貝なまこ

う、うっさいな。どうせ下手だよ

AKI

ちなみに俺が描くとこうなります

AKI

OZ

おお、ちゃんと特徴を捉えてる

OZ

さすがにプロのイラストとはレベルが違いすぎるから採用はできないと思うけどね

巻貝なまこ

AKIの平均力、ホントどの分野でも発揮されるな…

AKI

うーん。やっぱりチーム内でピンチヒッターを、ってわけにはいかなそうですね

紫式部先生

へうう、ごめんねぇー

紫式部先生

みんなに迷惑かけててお腹が〜

巻貝なまこ

まあ気にすんなって

巻貝なまこ

本気で学校の先生やってる姿もカッコいいぜ

紫式部先生

なまこ先生えええええ!!

AKI

どうしていくか、もうちょい自分で考えてみます

AKI

方針決まったらまたここで共有しますね

第3話 •••• 友達の妹とその友達とカラオケ

紫式部(むらさきしきぶ)先生のしばらくのイラスト作業休止の決定を下した、その日の放課後。

昼休み中に《5階同盟》LIMEグループで情報共有がてら相談してみたり、午後の授業中も勉強に使うべき脳味噌(のうみそ)のうちの九割ぐらいを動員して解決策を考えたりしたものの結局答えが見つけられず、俺(おれ)はうーむとうなりながら帰り道を歩いていた。

真白(ましろ)はいない。

何か用事があるとかで、教室をさっさと出ていってしまった。

オズもいない。

生徒会長に頼まれていた活動の一環で修学旅行実行委員の補佐をすることになったらしく、そっちに顔を出してるって話だ。

300万DLに向け、テンポよくコンテンツを投入し、弾みをつけたかったのだが、なかなかうまくいかないものだ。

もちろん弱音を吐くつもりは毛頭(もうとう)ない。

ここはやはりプロデューサーの俺が責任持って考えるべき局面なんだから。

さて、どうしたもんかな。と、思っていると。

「健康的不意打ち！」

「ぬあ⁉」

背中の防御力の薄い部分を的確に刺突（しとつ）されて、俺は海老反りに飛び上がった。

「てめ、何いきなり健康のツボを押してんだ！」

「不健康っぽいオーラがどっぱどぱ漏（も）れてたんで、センパイ直伝の技を披露してみました！どうですか？　気持ち良すぎて健康になっちゃいましたよね？」

「ならんわ！　俺だからいいものの、他の奴（やつ）にやったら通り魔と変わらんぞ、これ」

「やだなぁセンパイ。他の人にこんな迷惑行為するわけないじゃないですか。常識で考えてくださいよ、常識で☆」

語尾と一緒に弾（はじ）けるウインク。

振り返ってそこにいたのは、絶妙なコンビネーションがウザいその女は……ああいやもう、ウザいって単語を使った時点で明らかなんだが小日向彩羽（こひなたいろは）だった。

「あんま外で絡（から）むなよ。月ノ森（つきのもり）社長に見つかる」

「いーやでーっす」

「なっ……おいおい。《5階同盟》のためにも大事な契約なんだぞ」

「わかってますよ？　でも、もっとウザいとこ見せろって言ったのセンパイじゃないですか」

「それは、まあ、そう言ったが」

「真白先輩以外との女の子と絡んでる姿が見られちゃいけないからって、微妙に人目気にして遠慮してたんですけど。も────っとウザくなれ、って言われちゃったら。そりゃあもう外だろうが内だろうが気にせずガンガン行くしかないわけですよ」

「……。文化祭でのこと、根に持ってるのか？」

「さー？　どうでしょうねー？」

俺は彩羽のウザ可愛さを広め、彩羽のウザさを含めて丸ごと受け入れてくれる人をひとりでも増やすべく、文化祭で策を講じた。

ミスコンでは決勝のお題目を操作してまで、大勢の前でウザい側面をさらけ出させようとした。

結局、彩羽の逆転の発想に出し抜かれ、計画は頓挫。彩羽は俺に対してのウザ絡みを加速させる宣言をしてきたわけだが──……。

「もちろん社長さんから致命的に疑われたときは、私も言い訳に協力してあげますよ。でも、そうなったときにギリギリのギリギリまで社長さんを言いくるめるのはセンパイのお仕事ですからねー。外で絡んだら確実に目撃されるわけでもないのに、私が自分のやりたいことを我慢してまで、気を遣ってあげる必要はないな、と！」

「まあ……そりゃそうだな」

いい加減なこと言いやがって、と思いつつ。

あの彩羽が自分のやりたいことを優先させるっていうのは、悪くない傾向だ。

確かにここで俺がガチの色恋に走ったりカノジョを作ったりしたら大問題だろうが……。

誤解されるかも、ってだけの行動であれば。

仮に月ノ森社長に目撃されたとしても、誤解を解けばいいだけだ。

「そういうわけで！　さあさあお悩みを彩羽お姉さんに話してごらんなさい！　かもーん」

「何がお姉さんだよ、後輩のくせに。……ま、せいぜい頼らせてもらうか」

あきれながらも俺は現在抱えてる問題を彩羽に話した。

ハニプレの最近の流れ、傾向。

それを突破するためには３００万ＤＬ突破は最低条件で、可能ならもっと新しい領域にも挑戦しなくちゃいけない。

そんなときに訪れた、紫式部先生の本業多忙化——……。

俺の話すトーンから、事態のガチ度を悟ったのか、彩羽はわりと真剣に聞いてくれた。

「絵かぁ。うーむむむ」

「あっ、名案を思いついた」

「およ？」

「お前の演技力で紫式部先生になりきって、技術をコピーする！　……なーんて」

冗談、冗談。そう笑い飛ばそうとしたとき。

「その手がありましたね！　やってみましょう！」

「は？」

想像以上に食い気味だった。

すぅーっと息を吸い込んで、彩羽は役に入り込む。

そして、カッと目を見開いて。

カバンの中からノートとペンを取り出して、取り憑かれたかのようにサラサラサラと何かを描き込んでいく。

「おおっ……これは、まさか。やるのか？　やれてしまうのか、彩羽⁉」

「うおおおおおおお‼　アタシの‼　めちゃカワな‼　新キャラが‼」

目にも止まらぬ速さで線が引かれていき、輪郭がぼやけた状態から、くっきりしたものへと一瞬で変わっていく。

まるで早回しのメイキング動画を観ているかのよう。

だがそこに流れる時間は、無編集、無修正、ありのままのリアルだ。

手負いの獣じみた迫力は、まさに徹夜3日目の紫式部先生。

そして。

「――できたあああああああ‼」

パッッッ……シ――――ン！　と、ノリと勢いでノートが叩きつけられた。

紫式部先生になりきった彩羽が即興で描いたイラスト。

もしもそれが本物に並ぶ超絶クオリティだったとしたら？

期待に胸が高鳴り、体温が上昇し、呼吸が荒くなっていき――……。

俺は、見た。

ノートに描かれたイラスト。それは。


「うん、普通に下手だった」

「ですよねえええええええ」


俺の率直すぎる感想に彩羽も（描きながらうすうす気づいていたらしい）全力で同意した。

「そういえば性格はトレースできても、スキルまでは無理だったな」

「うう……絵の実力は一日にして成らず……」

悔しそうに崩れ落ちる彩羽。

もうだいぶ昔のことに感じるが、真白をいじめてた連中に対して、彩羽がヤンキー演技をしてみせたとき。

迫力こそ本物の風格だったが、そのこぶしは素人以下の雑魚雑魚の雑魚だったわけで。

そりゃあ、なりきれるからって菫が積み上げてきたイラストの実力を再現できるはずもないよな。

「うう、すみません、役立たずで……」

「大丈夫だ。最初からそこまで期待してなかった」

「ひどい！　頑張ったのに！」

「頑張りは素直にうれしいが、大きな期待を寄せられても困るだろ、お前も」

「確かに！」

実はちょっと期待していたのだが、それは言わないでやるお約束だろう。

「しかしまいったな。アイデアがまったく浮かばん」

「久々のガチめのお悩みですねー。ふーむ」

俺の顔をまじまじと眺め、彩羽は何やら考える仕草を見せる。

そして。

「閃きました！　闇に舞い降りた私の悪魔的な発想、そのときセンパイに電流走る！」

「ギャンブル漫画みたいな不穏なナレーションだな。……聞かせてくれ」

調子に乗った口上には欠片も興味はないが、何か良いアイデアがあるならぜひとも聞きたかった。

キランと擬音が鳴るような目でニヤリと笑うと、彩羽は自信たっぷりに言う。

「ずばり‼　あえて……遊ぶ‼」

「さて紫式部先生の穴をどう埋めたもんか。悩ましいなぁ」

「えええええちょっと！　何事もなかったかのように帰ろうとしないでくださいよう！　これ、わりと本気のアイデアなんですよ!?」

「何が本気なんだよ。一分も時間を無駄にできないこの局面で、遊んでられるわけないだろ」

「でも、仮にセンパイがフルタイムで時間を使ったところで、菫ちゃん先生が作業できないなら何も進捗（しんちょく）しないですよね？」

「む。……まあ、それはそうだな」

「アイデアをひねり出さないことには、前に進まない。そして、アイデアは机にかじりついてるだけで出るものでもない。つまり――」

　なるほど。いわゆるインプットってやつが必要なんだな！

「つまり――いわゆる現実逃避！　神発想の降臨（こうりん）待ち！　五時間後の自分に期待！　……ってヤツですね！」

「や、お前。言い方ってモンがだな……」

　もうすこしカッコいい単語で見栄を張らせてくれても……。

「だいたい働きすぎなんですよ、センパイは。働き詰めで凝り固まった頭じゃ良い発想なんて出てきませんよ」

「……絶妙に正しそうなこと言いやがって」

「可愛い、イコール、正義。つまり私、イコール、ジャスティス！」

「なんで二つ目だけ英語にしたんだ？　……確かに仕事と全然関係ないことをしてるほうが、ポロッとアイデアが転がり落ちてくる可能性があるかもだが」

机にかじりついてたら、袋小路にハマりそうだし。

彩羽め。ウザいくせに本質を突いてきやがる。

「と、いうわけでぇ～。遊びにいきましょお～ぅぃ!!」

なんだそのパリピ語尾は。

「てか今日は早く帰ってやらなくていいのか。母親が休みで家にいるんだろ？」

「やだなー。だからこそ、じゃないですかー」

「逃げの発想かよ。家族仲自体は悪くないって話だったが」

「仲の良さとか関係なく、家族と離れたところで羽を伸ばしたいときだってあるんですよー」

「まあ、それはわからんでもないが」

「ママがいたらセンパイんちでイチャイチャできないし」

「ん？　何か言ったか？」

「はいテンプレ主人公セリフいただきましたー！　モテモテ主人公ムーブをしたからって、最強ヒロインの彩羽ちゃんは堕(お)とせないんですからねっ」

「勝手に主人公扱いされて勝手に攻略対象面されるのは理不尽が過ぎる」

あとあきらかに小声だったじゃねえか。

もしラノベだとしたらフォントごと小さくされてるレベルの声の小ささだったぞ。こんなん聴こえなくて当然だろうが。

ま、ラノベなら愛の告白が囁かれてる場面だろうが生憎とこのシチュエーションでは、どう考えても告白じゃないだろうし気にしなくていいか。もし仮に告白だとしたら、彩羽が文脈的に不自然なタイミングで唐突に告白をブッ込んでくるやべー奴になってしまう。

……やべー奴説、ないよな？

ないと信じたい。

「……ま、まあとにかくだ。遊びに行くのは構わんが、ひとつ条件がある」

「お？　イヤらしい場所に連れ込む気ですか？　もー、センパイってば、隠れ肉食系男子なんだからぁ～」

「個室がいい。他の人間が入ってくることがない、完全な密室を所望する」

「イヤらしい場所に連れ込む気ですか⁉」

同じセリフなのにテンションと意味が様変わりした。日本語って面白いな。

顔を赤らめ後ずさる彩羽に犯罪者を見る目で見られると素直に傷つく。

もちろん、俺には下心のようなものはこれっぽっちもなく。

「真白のニセ彼女問題への対策だよ。さすがに放課後、ふたりで遊ぶってなると、目撃されたときに言い訳がしにくい」

真白も呼べば解決だけど、あいつ、何か用事あるって言ってたし。

「なるほどですねー。それで密室をご所望と。……あー、それじゃ、あそこにしましょう」

「お、さすが彩羽。遊ぶ場所デッキが豊富だな」

「これでもクラスの人気者、陽の美少女ですから。えっへん」

俺や真白にはとてもできない。

「で、どこだ?」

「カラオケですよ、カラオケ! カラオケボックス!」

「あー……なるほど、陽キャだ」

「私らよりも上の世代の、オタクのお客さんが多そうですけどね。十年前のアニソンが履歴やランキングを独占してること多いですし」

「その世代の人たち、非オタも主題歌だけは知ってて、歌ったりしそうだしな」

芸能人が動画配信サービスで、アニソンの「歌ってみた」動画をアップする時代だからなぁ。

音楽は海をも越える。

海外の有名アーティストの曲が、歌詞の読みも意味も不明なのに名曲として親しまれることも多い。

非オタとオタクの壁を最も越えやすいのもまた音楽なのだろう。

「よし、行くか！　カラオケ」

「行きましょう！　彩羽ちゃんの超絶歌唱テクを見せつけちゃいますよー。えへへぇ～」

「ほう。お手並み拝見といこうか」

もし上手かったら『黒山羊』の主題歌とか歌わせてみるか。

もちろん冗談だ。彩羽に歌わせるのは大人の事情でいろいろ難しいと思うからあんまり期待しないでおいてもらおう。……とはいえ希望を持つだけは自由、だよな？

＊

結論から言うと彩羽は普通に上手かった。

声量良し、音程良し、リズム感も良し、ビブラートも綺麗にかかっている。

声優修行のため、収録とは別に音井さんのスタジオでボイトレをしてるのもあって、声の出し方は完璧だ。

どう考えても平均よりは遥かに上手い。

が、演技においては完全に天才側だってことを考えると、どうしても物足りなさは感じてしまう。

……って、駄目だ駄目だ。

何でもかんでもすぐにクリエイティブと結びつけて考えるのは俺の悪い癖だ。

べつに世間に発表できる能力じゃなくてもいいじゃないか。

カラオケなんざ本人が楽しく歌えれば充分なわけで。

学校一の人気美少女である彩羽が笑顔全開で熱唱してる姿を隣で見れてるだけでも、贅沢すぎるほどの体験なわけで。

……あ、いやまあ、ミスコンの結果を踏まえると、我が校の一番の美少女はこの俺なんだが。

そこにあえて突っ込むのは野暮ってもんだろう。

「ラン！　ラン！　ＦＯＯＯＯＯ～！　……イェイ!!」

ひときわノリのいいハイテンションな曲の最後の部分を華麗に歌い上げ、シャキーン！　とロックミュージシャンのような決めポーズ。

世界のＩＲＯＨＡ、と名を轟かせてもおかしくない（おかしい）風格である。

彩羽は俺を振り向き、どやっ、と笑う。

「聴きました？　いまのめっちゃカッコ良くないですか!?」

「ああカッコいい、カッコいい」

「感情がこもってない！」

「確かにお前の歌は上手いんだが、全然知らん曲だしなぁ」

盛り上がろうにも盛り上がれん。

「というか、さっきからパリピ向けの曲が多くないか？　アニソンは歌わないのか？」

「あー、その辺は癖ですねー。クラスの子たちとカラオケに来るとき、いっつもこういう一般向けの曲ばっか歌うんで」

「……確かに一緒に行くのがあの子たちなら、そうなるか」

夏祭りや文化祭で見かけた彩羽のクラスメイトの姿を思い浮かべたら、うん。納得しかない。アニソンなんか絶対聞かなそうだもんな、あいつら。

「お前も大変だな。趣味じゃない音楽を聴いて、歌わなきゃいけないとは」

「あ、でもそれは全然平気ですよ」

「そうなのか？」

「ですです。最初は合わせてるだけだったんですけど、歌ったり聴いたりしてるうちに普通に好きになってってたんで」

「単純接触効果かぁ」

「音楽って偉大だなって思いましたよ。洗脳効果めっちゃ高いです」

「洗脳言うな。まあ繰り返し聴かせるってのは、確かに洗脳の手法のひとつなんだが」

しかしこの彩羽の体験はヒントだ。

陽キャの中に混ざりながらも、こいつは《5階同盟》の中に溶け込める程度にはオタク趣味。当然、思うままに自然に曲を選んだらアニソンになるはずで。

そんな彩羽ですら繰り返し聴いたらパリピソングを好きになれたってことは、つまりその逆をやれば――……。

「センパイは次なに歌います？　私が入れてあげましょうか！」

「……おい、あんま寄るな」

すぐ隣にずいっと近づいてきた暴力的な女子の存在感に思考が邪魔された。

狭い密室の中、膝がくっつくほどの至近距離。異性に対して軽々とやっていい距離感じゃない。

「えー。いいじゃないですか。社長の目もないんですし？　イチャイチャし放題ですよ」

「見られなきゃいいってもんでもない。さすがに節度ってもんがある。……気持ちの問題ってやつだ」

「へー。まあそこはもう気にしなくていいですよ」

「何言ってんだ。べつに何か変わったわけでも――」

「変わったんですよー。センパイとは関係なく、ですけど」

「はぁ？」

「これなんてどうですか？　コテコテの萌え曲、『おねだり☆だぁりん』――センパイの魂の萌え声、聴いてみた～い☆」

「ふざけんな、男の俺がンなもん歌ったら痛いだけだろうが」

「ミスコン優勝者がそれ言います？」

それはそれ、これはこれだ。

だいたい声まではメス化した覚えはねえよ。

彩羽の発言に気になるところがあったんだが、聞き返すタイミングを逸してしまった。

会話の流れが変わってしまうと、ほじくり返すのもためらわれて、結局気になってたことを質問できなくなること、あるよな？

そんなこんなしていると、部屋のドアがコンコンとノックされた。

「大変お待たせいたしました。トマトパフェのお客様」

「あっ！　私です！　わはぁ～☆　めっちゃ美味しそうじゃないですかー！」

ドアを開けて入ってきた店員さんが真っ赤なサンデーグラスをテーブルに置くと、彩羽の声が1オクターブ上がった。

店員さんが出て行くのを確認すると、すかさずスマホを取り出して、彩羽はトマトパフェの写真を撮り始める。

「また変わったパフェを注文したな。……旨いのか、それ？」

「このカラオケボックスの名物メニューなんですよ。トマトの酸味とアイスの甘みが奇蹟的な相性だって噂みたいです」

「ほー。意外な組み合わせが人気になるんだなぁ」

「まあ人気の一番の理由は見た目だと思いますけどね。映え重視ってヤツです」

「映え？」

「ですです。私もこれ、ピンスタにアップしたくて注文したんで」

言いながらスマホの画面を操作。

駄目だと思いながらもちらっと見てしまった彩羽のピンスタのトップページには、数枚の写真が上がっている。影石村の風景やら海に行ったときに見かけたヒトデやらが見えたり、夏祭りや文化祭といった、ここ最近の出来事を思い出す写真の数々だ。

「お前、ピンスタやってたのか」

「始めたばっかりですけどね。茶々良がやれってうるさいんで」

「最近どころか昨日の今日だろ、仲良くなったの」

「昨日だけでＬＩＭＥで10件くらい『やれ』って来てたし……」

「やっぱストーカーなんじゃないかな、あいつ」

どうしよう。本当に茶々良が友達でいいのか不安になってきた。

いや待てよ？　彩羽もピンスタを始めたんだとしたら、それを利用できないだろうか。

わざわざ茶々良に頼らなくても、彩羽がフォロワー１００万人を突破……とまではいかなくても、そこそこの発信力を獲得してくれたら『黒山羊』にとってプラスになるのでは。

ちょっとカマをかけてみるか。

「ピンスタ、楽しいか？」

「んー。まだ始めたばっかりなんで、なんともですねー」

「フォロワー増えそうか？」

「いやいやそんなチョロくないですから。ていうかなんですか、センパイ。私のピンスタが、そんなに気になるんですか？　……ほーん」

　ニヤリと笑って。

「さては私がＳＮＳでどんな交流をしてるのか、気になって仕方ないヤツですね！　誰か知らない男と仲良くしてるんじゃないかと気が気じゃないアレ！　好きな子のＳＮＳが気になって、投稿したら秒で反応しちゃうヤツじゃないですかー！　もーセンパイってば嫉妬心丸出しすぎぃ！」

「や。違うから。てかなんだそのストーカー行動は。いくら好きな相手とはいえ、秒で反応できるくらい貼りつくなんて暇人にも程があるだろ」

「でも実際たまにそういうのあるらしいですよ」

「マジか……理解できん……。変なのに絡まれないよう、気をつけろよ？」

「はーい。まー、どっちにしても心配ご無用です。まったり写真を投稿するだけで、茶々良と違ってガッツリやるつもりないですし」

「そうか……」

そこはガッツリやって人気者になってほしかったが。もちろん匿名でな。

ただ本人がやる気ないのに強制しても仕方ない。

彩羽の本分は役者。それ以外の活動は、やりたくないならべつにやらなくてもいい。

……しっかしそうなると、やっぱり茶々良を仲間に引き入れる方法を考えていかなきゃなぁ。

あの厄介なアンチオタクをどうしたら堕とせるのか。うーむ。

ブルル。

スマホが鳴った。

俺のじゃない。彩羽のほうだ。

「あ、茶々良だ。……うーん、マジのストーカー説浮上」

「友坂、なんだって?」

「百聞は一見に如かず。画面をどうぞ」

『ピンスタ見たけどあのトマトパフェ、駅前のパセリだよね？　めっちゃ近くにいんだけど！　いくーー！』

「ストーカーだな」

「ストーカーですよね」

陪審員ふたりの一致により、友坂茶々良容疑者、有罪。

あ、ちなみに『パセリ』っていうのは俺と彩羽がいまいるカラオケボックスの名称だ。主に都内に多く展開している有名なカラオケチェーンである。広めのパーティールームも多く、イベントの打ち上げや飲み会の二次会なんかで使われることが多い店だ。

食事がわりと美味しく、トマトパフェのようなピンスタ映えするメニューの開発にも熱心なのもあり、学生からも人気が高い。

やや価格帯が高めなので、バイトしてる奴か、俺みたいに収入のある奴、もらってるお小遣（こづか）いが高めの奴じゃないとなかなか来れないけどな。

「とりあえず返信しておきますね。『邪・魔・す・ん・な』と」

「お前ら本当に友達になったのか？」

「なりましたよ。雑に扱ってもいいのは気が楽ですね☆」

「ははは。……やりすぎない程度にな？」

ウザ絡みできる友達ができたのは喜ばしいことだ。が、どんな物事にも限度ってヤツがあるからな。

親しき中にも礼儀あり。ウザ絡みにも限度あり。

素を出してもらって構わんと思ってる俺だって、さすがに時と場合と事と次第と虫の居所によってはぶち切れるし。

「やりすぎも何も今回は茶々良が１００悪いですし。すでに他の人とカラオケ楽しんでるトコロに突撃してきます？　フッー」

「パリピならよくありそうだけどな」

「やー、いくらパリピでもドン引きですよ。まあ部屋番号教えてないんで、いきなり突撃してくることはないでしょうから、そこは安心ですけど」

「どうかね。ＧＰＳ情報から場所を特定してくるかもしれんぞ」

「いやいやさすがにそれはストーカーガチ勢すぎでしょ。もし現れたら、めっちゃ冷めた顔で『うわぁ……』ってなる自信ありますよ」


「ちぃーっす。きたよ彩羽！」

「うわぁ……」


どうしよう、本当に来ちゃった。

意気揚々（いきようよう）と部屋に入ってきたのは噂のストーカー、もとい、友坂茶々良。

俺にとっては友達の妹の友達……ってややこしいな。ひと言で説明すると、何か面白い感じの女である。（適当）

「邪魔すんなって言ったじゃん。なんで来たの」

「それあれっしょ？　ツンデレ？　ってヤツ？　知らんけど！」

出た、パリピ特有の中途半端にオタク用語を取り入れた適当な日常会話。

お前、「ツンデレ」のひと言の中に含まれた深遠なる意味と、遠大なる歴史を知らないだろ。

最初は主人公のことを嫌って突っかかってきた女の子がドラマを経てだんだんとデレていくという変化を描いた属性がツンデレと呼ばれていた時代から、いつの間にか内心では実はデレているのに表向きツンツンしている場合もツンデレとされる時代を経て現在は……って、そんなオタク蘊蓄はどうでもいいや。

「てかつれないこと言うなよ。ホントすぐそこにいたからさー、せっかくなら合流したいじゃん」

塩対応な彩羽にめげず、茶々良はケラケラ笑う。

「行動力ありすぎでしょ。てかどうやってこの部屋わかったの？ ……え、マジでGPSだったりしないよね？ もしそうなら、私のこと好きすぎない？」

「や、ちげーから！ トマトパフェの写真に、部屋番号の伝票が写ってたじゃん。ほらここ」

「……うわ、ホントだ。迂闊だったー」

茶々良が見せたスマホの画面を見て、彩羽はあちゃーと頭を抱えた。

そこには彼女が言った通りのものがしっかりと写り込んでいる。

「ったく、人をストーカー扱いすんのやめろよな。このとーりアタシは変なことしてねーし」

「いやそれ厄介な特定班の手法だし、むしろ疑惑は深まったと思うぞ？」

たまらずツッコミを入れた。

写真に含まれた僅かな情報から場所を特定し、そこに突撃してくるムーブは完全に黒である。本人に自覚がなさそうなのがまたタチが悪い。

「だーかーらー。アタシはただ彩羽と遊びたいだけでストーカーじゃ……げ！　大星先輩⁉」

「おう。大星先輩だぞ。文化祭ではサンキュな」

驚いて変なポーズになってる茶々良に、軽く手を振る。

しかしやはり俺って人間は影が薄いんだな。さっきからお前の大好きな彩羽のすぐ隣にいたんだが、俺が話しかけるまでまったく目が合わなかったよな？

映画だと実は俺が死んでて幽霊だったことがラストで明かされる叙述トリックめいてるけど、残念ながら俺は生きてるし、俺の人生はそんな上等な構成の映画であるはずもなく、せいぜいがコメディだろうし、ただただ俺の存在感が空気なだけなんだよなぁ。

「え。あ。い、彩羽が一緒なのって、大星先輩、だった的な……？」

「そう。だから言ったじゃん、『邪魔すんな』って」

「うぐ！　あ、あー……」

圧を感じる彩羽の目に射抜かれて、茶々良がたじたじになっている。

会話の意味はよくわからんが、たぶんふたりだけが理解できる共通の話題なんだろう。

……待てよ。話の文脈からしてあきらかに俺の存在が関係してるよな。

もしかして彩羽は俺がいるから、茶々良に来てほしくなかったんじゃないか？

そう、つまり――……。

パリピのカラオケのノリが苦手な俺を、気遣ってくれてるのでは？

彩羽は合わせられるかもしれんが、それはコイツの溶け込み演技スキルが高すぎるからだし。

俺に同じ技を要求できるわけじゃないって思ってるんだろう。……実際、難しいしな。

だがまあ、そうだとしたら心配無用だ。むしろこの状況は俺にとってもチャンスに他ならないわけで。

そう、茶々良と交友を深めて『黒山羊』陣営に引き込む、絶好の機会！

「や、やー、来たばっかでアレだけどゴメン！　アタシ、やっぱお邪魔なんでこの辺で……」

「いや、べつにいいぞ。せっかくだし歌っていけよ」

「へ⁉」

「なっ……ちょ、センパイ⁉」

気まずそうに帰ろうとする茶々良を俺が呼び止めると、ＪＫ×２から意外そうな声が上がる。

「気遣わなくていいぞ。パリピ向けの曲は詳しくないが、パリピムードの教室の中で、空気のようにやり過ごす術ならしっかり身についてるからな」

「なに悲しいこと堂々と誇ってるんですか！　いや、てか、べつにセンパイに気遣ってるとかじゃなくて……」

もごもごと口の中で何か言いたいことをこねくり回す彩羽。

だけど結局言葉は出てこなくて、未開封のマイクをヤケクソのように茶々良に押しつけた。

「ああもうわかった！　わかりました！　ほら、茶々良も歌ってって！」

「え、ええっ⁉　えーっと、彩羽は、それでいいの？」

「三日ぐらい根に持つけどべつにいいよ」

「それ全然よくないってことじゃん！　めっちゃ頬ふくれてるじゃん！」

「茶々良に一年間彼氏ができない呪いをかけるけど全然気にしてないよ。……けっ」

「やめてよ！　アタシけっこうそういうスピリチュアルなの信じるほうなんだから！　本気で彼氏できなくなりそうでヤなんだけど！」

不機嫌全開の彩羽に涙目にさせられる茶々良。

マイナスの感情をもしっかりと表現し、ぶつけながらも、けっして致命的な不和を生まないふたりの姿に、ホッとした気持ちになる。

俺が彩羽に与えてやりたかった光景がハッキリと目の前で再現されているってのは、グッとくるものがあった。

――なんで彩羽がここまで機嫌を損ねてるのかは正直よくわからんが。まあ、いっか。

＊

それから一時間後。

「イエエ――――イ！　バリエモ卍あげみざわ～!!」

彩羽の歌う曲に合わせ、茶々良がテンション爆上げ最高潮な合いの手を入れていた。やらかした感ありまくりの気まずい空気はどこへやら。パリピ特有の揮発性ネガティブ感情は一瞬でポジティブ化。嘘偽りなき楽しそうな顔で、シャカシャカシャカとタンバリンさえ鳴らしてみせている。

恐るべし、パリピの権化。

何よりも恐ろしいのは――……。

「すげえな友坂の奴。ミリも知らない曲で、どうしてここまで盛り上がれるんだ？」

「うーん、さすがの彩羽さんもこれにはビックリ」

タンバリン茶々良を横目に俺と彩羽は小声でひそひそ会話する。

そう、友坂茶々良というこの女、さっきから初見の曲に全力でノッてきてるのだ。

実はさっき彩羽にはこっそりと俺の狙いを話していた。

その内容は、『非オタが嫌がらない範囲の、スタイリッシュでカッコいいアニソン』ばかりをあえて歌うこと。

茶々良には善玉パリピ特有のやたら柔軟な受容能力がある。いまはまだどこからか刷り込まれたオタクへの偏見で、『黒山羊』にも良い感情を抱いていないが、まずはただのＪＰＯＰのようでいて実はアニソンだった、ぐらいのものから好きにさせていき、気づいたらアニメや他のオタクコンテンツも大丈夫になっていた……という展開に持っていきたい。

彩羽にもその意図を説明し、この一時間、俺と彩羽のふたりがかりで、茶々良の嫌がらないギリギリの選曲で攻め続けた。

「あー、楽しっ。彩羽、イイ曲めっちゃ知ってんね。いまのは何の曲？」

「『帰宅の刃』のテーマ曲だよ。これはさすがに知ってるでしょ」

「あっ、知ってる！　この前映画やってたよね。『無限残業編』？　みたいな感じの」

「そうそう。すんごい流行ってたヤツ」

「あれ、フォロワーさんにもオススメされてたんだよなー。ワーカホリックになった妹を、働かせないように繋ぎ止めながら、家族を奪ったブラック企業に復讐し、妹をまともな姿に戻すために労働基準監督署に就職する主人公！　王道の激熱ストーリーがめっちゃ良いって評判だよねー」

「あらすじそこまで知ってて、まだ観てないんだ？」

「言うてアニメだしなーって思ってさ。流行ってるし、興味もあるんだけど、きっかけがなくてさー」

おお、さすがは『帰宅の刃』だ。興行収入３００億までいくと世間の反応も変わってくる。

世代も性別もスクールカーストさえ飛び越えたヒット作品は、そういう点でも尊敬せずにはいられない。

「興味あるなら原作貸してあげよっか?」

「えっ、彩羽持ってんの⁉」

「正確には私じゃなくてセンパイですけど。センパイ、全巻揃えてましたよね」

「ああ、うちにあるぞ」

お前が読みたいって言ってたから揃えたんだけどな。

ヒットしたアニメがあると、原作でどんな風に描かれているキャラを、プロの声優がアニメでどんな風に演じているのか、自分ならどう演じるのか、彩羽はしっかり勉強している。

そのための教材になるならと、俺はねだられるままに漫画を買い与えていた。

……いやまあコイツの我が家のベッドでの、傍若無人な読書っぷりを見るに、勉強目的と見せかけて普通に楽しんでるだけにも思えるが。まあ結果的に演技の血肉にもなってるなら、なんでもいい。

「すっご！　全巻⁉　なにそれキモッ！　イイ意味でキモッ！」

「イイ意味をつけたら許されると思うなよ。言われたほうは傷ついてることもあるんだぞ?」

「や、繊細さんかよぉ」

「友坂、お前ストーカーっぽくてイイ意味でキモいよな」

「ひどっ！　なにその唐突な悪口！　イイ意味をつけたら許されると思ってンの⁉」

「そのブーメラン高速すぎるだろ」

三行で自分の発言を忘れるとか、ニワトリ脳かよ。

まあべつに茶々良の棚上げ性質はいまに始まったことでもないし、それはどうでもいいや。

「で。借りたいなら貸すが、どうする？」

「借りる借りる！　めっちゃ借りる！」

「へえ、素直に食いつくんだな。オタク男の漫画なんか触りたくない～とか言い出したりするのかと思ったが」

「大星先輩はまーべつに。気になんないかなー」

「ほう。俺もだいぶ進歩したもんだな。初対面の頃はかなり理不尽に突っかかられた覚えがあるんだが」

「オタクの好きじゃないトコって、不摂生、不衛生なのを自己正当化して鍛錬しないくせに、アタシらみたいな女に妙な偏見持ってるトコだから。大星先輩はべつにそういうタイプじゃないってわかったし、清潔感あるし、アタシ直伝の肌のお手入れをしっかり続けるマメなトコあるし」

評価いただけてるのは素直にうれしいが、妙な偏見、ってところはお前も人のこと言えないからな？

まあでも卵と鶏というか。オタクとパリピ女の偏見の殴り合いは、どっちから仕掛けたでもなく自然と、ふんわりと発生してるってことなんだろうな。人間が永遠に戦争をやめられない理由もそこにあるような気がする。

そんなこんなでひとしきり一般人もニッコリのスタイリッシュなアニソンをたっぷりと聴かせ、一般人にも浸透してるヒット漫画布教の約束を取りつけ、オタク化への第一歩を踏み出させることに成功した頃――……。

もうそろそろ夕方と呼べる時刻を過ぎようとしているときになって、茶々良はあっと声を上げた。

「やっべ、門限。帰らないと。オカンに怒られる」

「門限とかあるんだな」

「あたりまえっしょ。てか高校生ならフツーあるんじゃない？」

「普通はありそうだが、平気で夜中も遊び歩いてそうな雰囲気あるからなぁ」

「ンな不良じゃねーっての。一年ナンバーワンの優等生ナメんな」

「はい嘘乙ー！　ナンバーワンは私ですー！」

「くっ、会話の流れで自然にアピったつもりだったのに！　教室では『順位なんて気にしてませーん』って顔してるくせにー！」

「気にしてないけど、訂正させてもらう権利ぐらいはあるよね。事実を無視してドヤられるとウザいですし？」

「くっ……言っとくけど、アンタの天下は次の定期テストまでだかんね⁉」

「はいはい首位奪還、首位奪還。今年こそはひいきの球団が優勝できるといいね」

「もう自力優勝消滅したよちくしょおおおおお！」

「何の話をしてるんだ、お前らは……」

「プロ野球ですよ。茶々良の応援してるチーム、毎年めっちゃ弱いことで有名なんで」

「う、くぅ……毎年優勝をかっさらう、あのハゲタカみたいな球団さえなければ……」

「いやいや総合力で負けてるじゃないですか。能ある鷹は爪を隠そうとしても隠せない、って新しいことわざを思いつきそうなあのチームがなかったとしても、茶々良んトコが勝てるとは思えないなー」

「友達になったばかりで、なんつーリスキーな会話してるんだ……」

プロ野球と政治と宗教の話はするなと教わらなかったのか。

具体的な球団名が出てないだけまだマシだが、下手なことを言い出さないか、変にドキドキしてくるだろうが。

「つーか、門限なんだろ。グダグダしてていいのか？」

「あーっ！　そうだった！　お会計いくら⁉」

慌ててバッグを漁り、財布を取り出そうとする茶々良。

その姿に、俺はふむとすこしだけ考えて。

「……いや、いい。ここは俺が出しておくよ」

「は？　何言ってんの。一方的に奢らせる趣味とかないんだけど」

「や、問題ない。経費だから」

「経費？」

ワケがわからないという瞬き。

そりゃそうだろうな。

だけどこれは紛れもなく、《5階同盟》の今後の活動に関わる交流。

チームの予算から出してもいいだろう。

「さっすがセンパイ太っ腹！　お腹のお肉はそこまででもないのに太っ腹！」

「つまむな、アホ。皮が引っ張られると痛いんだよ」

「彩羽も何普通に受け入れてんの？　経費って、えっ、経営者？」

納得できてないようだが詳しい説明はまだ避けておきたい。

ここで《5階同盟》のリーダーであること、『黒山羊』の制作者であることがバレたら、秒で拒絶反応を示されるだけだ。

オタクアレルギーをだんだん和らげていって、どっぷりと沼にハメてから、ゆっくりと正体を明かしていきたい。

この手の奴は三ヶ月前に自分が何を嫌ってたのかも忘れて、気づいたらそのジャンルを好きになってたりするからな。

「説明はまたの機会にさせてくれ。ちと、人には言いにくい事業を営んでるんでな」

「怪しすぎない⁉　え。アタシ、大丈夫だよね？　知らないうちに、関わっちゃいけない人とつるんでるとか週刊誌の砲撃食らって炎上したりしないよね⁉」

「あたりまえだろ。後ろ暗いことなんて何もしてねーよ」

「ならいいけど……せめてヒントだけでもちょうだい。その事業を色でたとえると、何色？」

「黒」

「駄目じゃん‼」

いやだってお前、作ってるゲームのタイトル『黒き仔山羊(こやぎ)の鳴く夜に』だし。

そんなピンポイントな誘導尋問するほうが悪いだろ……。


結局、支払うと言って聞かない茶々良を門限を人質にした時間切れ作戦でゴリ押しして、その場は俺が奢ることに成功した。

ちなみにヤバい仕事疑惑については、さすがにそんなわけがないかと納得してくれたが……あいつの頭の中で俺がどんな仕事をしてることになったのかは正直わからん。

そういえば翠(みどり)部長には菫の雑な誤魔化(ごまか)し紹介のせいでハリウッドのプロデューサーと誤解

されたままだったが……こんな調子で正体を隠したり、その場しのぎで取り繕ってるせいで、後で思わぬトラブルを招いたりするんだよな……まあ、そんときはそんときだ。

で、あわてて帰っていった茶々良と別れた後。

俺と彩羽は、もう暗くなってしまった空の下、ゆっくりとマンションへの道を歩いていた。

「よっ、ほっ、はっ」

「何やってんだ」

「街灯が照らす範囲を避けようかと。当たったら一機死ぬんで」

「小学生か」

両手を拡げて、右へ左へジャンプしながら進んでいく彩羽の姿に苦笑する。

くるっと振り向き、彩羽は皮肉っぽく笑う。

「――満足です？　ご要望どーり、センパイ以外の子に、ＮＯＴ清楚（せいそ）なトコ見せてますけど」

「その答えは、お前の中にしかねえよ。お前が満足なら俺も満足だし、お前が不満なら俺も次の手を打たなきゃならん」

「うわ、絶対外さない答えじゃないですか、それ。なんかズルくないです？」

「クイズなら反則だろうけどな」

終始一貫して、望んでるのは仲間の最大幸福のみ。

俺自身の自己満足になんざ何の価値もない。

　コイツが満足できたら、そのとき初めて俺も自己満足が満たされる。

「まー実際、ああいう友達がいてくれると、楽しいっちゃ楽しいですよ。てか不満だったら私、センパイにはストレートにぶつけてますから☆」

「だろうな。昨日今日で友達になったばかりとは思えんぐらいの仲良しぶりだった。……これがパリピの距離の詰め方とは恐れ入る。まるで縮地だ」

「シュパパパパ！」

「小学生か」

　効果音を口にしながら目にも止まらぬ……設定の攻撃をぶつけてくる。

　小学生時代によく見た光景ベスト5に入るやつだ。

「しかしあいつ、友達にしたらなかなか面白そうな奴だな。意外と門限遵守してたり、まさかのプロ野球趣味って」

「お父さんの趣味らしいですよ。球団も同じトコ応援してるとか」

「へえ。父親とも仲良いのか」

　臭い、キモい、寄るな、と父親を拒絶するタイプの女子かと思ってた。

　……いや、うん。そろそろ茶々良に対する偏見がひどすぎるのは自覚してる。改めなきゃな。

「お父さんともお母さんとも仲良しみたいですねー。弟さんとは犬猿の仲だって言ってましたけど、彼氏持ちのフリをするためとはいえ、お祭りに一緒に行ったりしてますし。あんなの、ホントに仲悪かったら絶対やりませんて」

「はは。確かにな。茶太郎（ちゃたろう）君も反抗期みたいだけど、根はイイ子だし。家族仲のいい一家ってのは、簡単にイメージできる」

「……いいなー」

「……ッ」

何気なく。

本当に何気なく、ぼそっと彩羽の口から漏れた言葉。

それが意味することに、俺はすぐさま気づいてしまう。

小日向家。

彩羽の家で暮らしているのは、彩羽と、オズと、乙羽（おとは）さん……のみ。

父親の存在については、小日向家の誰からも聞かされたことはないし、知っての通り、母親の子どもたちへの関わり方も歪（いびつ）だ。

その事実に対してほぼ完全な無関心を貫けるのは、オズみたいな特殊な性質の奴だけ。

彩羽が、普通の仲良しな一家への憧（あこが）れを抱くのは、至極当然の感情だろう。

「…………」

「…………」

ふたり、無言になる。

気まずい空気の中、ただ歩く。

「…………」

「…………」

そんな、居たたまれない雰囲気を。

「……うりゃ」

「……うにゃ⁉」

俺は、無粋に無暗(むやみ)に無遠慮に、壊してやった。

「ちょ、いきなり何ですかっ。みだりに女の子の髪を触っていいと思ってるんですかっ」

「思ってないんだが、三分経(た)っても言葉が見つからなかったから、つい」

子犬にそうするように。

いや、母親が、父親が、兄貴が、そうするように。

寂(さび)しそうな彩羽の頭をくしゃくしゃに撫(な)でてしまっていた。

「センパイじゃなかったらセクハラで訴えてるところですよ。法で罰せられてますよ」

「嫌がられてなくて何よりだ」

「センパイに限り私は私刑が認められてますからねー。このお返しは、徹底的にさせてもらいます☆」

「法律無視も甚(はなは)だしいな」

「てかマジで私以外にはこういうのやめたほうがいいですよ。漫画とかだと平気で主人公が女の子の頭を撫でて惚(ほ)れられる描写ありますけど、これ、現実だと髪のセット崩れるから微妙に嫌がられるんですよ？　童貞のセンパイは知らないと思いますけど」

「あ、それなら知ってる」

「うっそだー。知ったかぶりしないでくださーい」

「ホントだっての。友坂のピンスタでお洒落(しゃれ)を勉強したときに知ったんだよ」

「あー、そういう……」

「うむ。ミスコン優勝者ナメんな」

「その肩書き強すぎません？」

実際、俺以外にはなかなか持ってない肩書きだと思う。男子では特に。

履歴書に載せても就職活動に何らプラスにならないのは悲しいが。

いや、案外、プラスになるか？　……心底どうでもいいな。うん。

「今日はもう帰って飯食って風呂(ふろ)入って寝るだけだろ。髪が乱れてても問題ない」

「勝手だなー。問題ないかどうか決めるのは私なんですけどー？」

「じゃあ訊くが、迷惑だったか？」

「ＹＥＳ！　……なワケないってわかって言ってるんだから、センパイって意地悪ですよね」

つん、と唇をとがらせて。

「欲しいときにクリティカルに慰めてくるの、良くないと思います。イイ意味で」

「イイ意味で、をつけたら何でも通る理論か？　……結局、良いのか悪いのかよくわからんな」

「わからせてあげません。てゆーか、わかったら困るのはセンパイなんですから、おとなしく言いくるめられやがれってヤツです☆」

「なるほど、わからん」

「それで正解！」

そう言うと彩羽はブンブンと頭を振って、撫でていた俺の手から逃れると、跳ねるように前を歩き出した。

寂しそうにしてたくせに構った瞬間に手の中から逃げていく猫のようなしぐさ。

まあでも、それでいい。

表情が明るくなって、軽やかに俺に軽口を叩く姿に戻ってくれたなら、それで充分。

心の奥底で彩羽が満足なら、俺の自己満足も満たされるのだから。

＊

『ここまでやらかしてまだ付き合ってないいって、あり得なくなくない？』

『いや待て。これは家族愛的なアレでだな』

『まあ、その部分をアキが担ってくれてるのは、僕も感謝してるけどね。僕にはできないことだから』

『してやってもいいだろうに』

『あはは。まーその辺の話は、そのうちね』

interlude

Tomodachi no imouto ga ore nidake uzai

幕間・・・・・真白は見た

「『デス・イソギンチャクの死骸がエメラルドグリーンの海底を赤く染め上げていく様を見下ろす白雪姫の目は、どこか切なげだった。』……っと。えんっ、たー……！」

人差し指を全力でエンターキーにたたきつけ、真白は二時間あまり続いたタイピングの最後の締めを飾った。

マンションのご近所、アキと久しぶりに再会したあのファミレス。電源が使える隅っこの席。放課後、急いで帰宅してからノートPCを持ち出しこの場所にやってきて、単品のドリンクバーだけでいままで作業に集中していたんだけど――……。

「やっと終わった……地獄からの、卒業……」

集中状態解除。と、同時に体から一気に力が抜けて、座席の背にぐでーっと体重を預けた。

原稿明けの高揚感で頭がボーッとする。

我ながら、今回は無茶した。

本当は来月半ばぐらいまでの〆切だった原稿を今月中に終わらせるなんて無謀の極み。

カナリアさんは「まあ、間に合うなら何でもいいチュン」と認めてくれたけど、自分で自分のドMな決定に「待って」とツッコミを入れたくなる。

でも仕方ないの。修学旅行までに仕事を全部終わらせなくちゃいけないから。

べつに誰に急かされてるわけでもない、自分で決めたこと。

修学旅行は、初めて訪れる、完全に彩羽ちゃんが不在の学校イベントだ。真白の知らない場所で彩羽ちゃんだけが距離を詰めてアピールしている……なんてことがあり得ない、永遠に真白がアプローチし続けられるボーナスステージ。

ずるいかな？　って思ったけど、でも、彩羽ちゃんだって自分の武器を使って、自分の環境の中で、全力で自分の魅力をアキに見せてるし、素敵な思い出を積み重ねてる。

お互いにうらみっこなし、正々堂々と戦うってふたりで決めたんだ。

真白はこの修学旅行で一気に差をつける！　……ためにも、修学旅行中に〆切に追われることなく、アキとの時間に集中できるようにしなくっちゃ。

と、思って気合いを入れてここ数日、アキとの交流を一時的に浅くしてまで原稿に取り組んできた。その成果こそ、目の前で「了」の一文字が打たれたテキストファイルだった。

「ああ……ホットコーヒーが、疲れた脳ミソに癒やされる……。おすしたべたい」

口の中にほんのり広がる苦味と香り。思考能力ゼロにつき知的な発言ができず、食欲だけが素直に口からこぼれてしまう。そんなきわめて頭の悪い独り言さえ許される気がする圧倒的な多幸感。

原稿明けのこのひとときは本当に幸せだ。

「……よし。余裕できた。これでもうすこし、アキのことを手伝ってあげられる」

アキが『黒山羊（くろやぎ）』を次の段階に押し上げたいと思っているのは、教室でちらっと聞こえてきたアキとオズの会話でもあきらかだ。《5階同盟》のグループＬＩＭＥでも、紫式部（むらさきしきぶ）先生の絵がなくてもできる作戦を考えて苦心しているみたいだった。

手が空いたいまなら、何か手伝ってあげられる。

きっといまも自宅にこもりきりでうんうん頭を悩ませているアキを想像して、よーし、と、ＬＩＭＥでメッセージを送ろうとしたそのときだった。

「えっ。あれ？　……アキ？」

ファミレスの窓から外の道路を歩いていくアキの姿が見えた。しかも制服姿で、その隣にはひょこひょことついていく山吹色の髪の女の子。

「彩羽ちゃんもいる……こんな時間に、ふたりっきりで……制服で？」

むっ、と自然と頬（ほお）がふくれてしまう。

どう考えても学校帰りに寄り道をして、いまから家に帰るところといった様子だ。

忙しいんじゃなかったの？

なんで彩羽ちゃんと？

……って、湧（わ）き上がりそうになる不満、モヤモヤした嫉妬（しっと）の気持ちを、胸を押さえてグッと

抑える。

……いままでの真白だったら、ここで負の感情で沈み続けたかもしれない。でも違う。

アキが何をしてるか、彩羽ちゃんが何をしてるか。そんなものは関係ない。

真白が何をするのか。大切なのは、ただそれだけ。

コツコツとアキを助けて、ひたすらアキと仲良くする。それを続けていけば、いつかきっと振り向いてもらえるはずなんだから。

「負けないもん」

マンションの方向に消えていったふたりの姿を見送って、真白は決意を言葉にした。

Tomodachi no imouto ga ore nidake uzai

友達の妹が俺にだけウザい

第4話 ● ● ● ● 従姉妹の母親が旦那にだけヤバい

湯舟に浸かり骨の髄まで熱を染み込ませていくと、凝り固まっていた脳味噌が一秒ごとに、ゆっくりと緩んでいくのを自覚する。

風呂はアイデアを生み出す最高の発想装置だ。

いつも絶え間なく頭と同時に手を動かしているせいか、他に何もすることのない入浴の時間は、俺にとって、リラックスした状態で思考に集中できる貴重なひとときだった。

彩羽との現実逃避カラオケの翌日。

深夜。

今日も一日中、紫式部先生のイラストが取れない代わりにどうすべきかを考え続け、結局何の成果も得られず、虚無感に打ちひしがれていまに至る。

だが焦っては駄目だ。

焦れば焦るほど判断は鈍り、下手な手段を選んでしまう。

人生は選択の連続で、選択を誤っている余裕など、凡人の俺にはないのだから。

ふぅ、と湯気を吹くように、落ち着いた息を漏らす。

「……何も出ねえ」

リラックスしていても、ため息はため息だった。

言葉通り何のアイデアも出ないまま俺は風呂から出て、濡れた体をタオルで拭く。

と、カゴに入れていたスマホがタイミングよくぶるりと震えた。

ＬＩＭＥの着信。

相手はオズからだった。

『おいでよ、紫式部先生ランドへ』

……なにこの怪文書。

＊

「意味不明な招待メッセージが届いたから来てみたら、なんだこの地獄絵図は」

数分後。

風呂上がりにもかかわらず、いちおうは人前に出ても恥ずかしくない私服に着替えて、俺は隣の隣——紫式部先生こと影石菫の部屋にやってきた。

が、そんな俺を待ち受けていたのは。

「あらー良い飲みっぷりですねー。私も負けていられませんー」

「くっ……ううっ……駄目なのに……。この忙しいときに、お酒に溺れてちゃ駄目なのに……。心の弱いアタシを許してえええええ」

「神様に懇願、不要です。お酒飲む、飲まれる瞬間、最高ですから」

積み上がる缶、瓶、缶、瓶。

影石家、翠などの親族の急な来訪に備えてオタクグッズは一切飾っていない（そのあたりは寝室と作業部屋という名の聖域に丁重に保管されている）一般社会人女性の常識的なリビング。

座卓の上に罪の証を積み上げて、三人の大人が泥酔していた。

乙羽さんは表情ひとつ変えずに飄々と。

海月さんはほんのりと頬を染めて気持ちテンションを上げながらもマイペースに。

そして菫は……何故か知らんが、大号泣。

「ほらほらお泣きにならないでー。ウィスキー、おいしいでしょう？」

「おいじいでずううう！　でも、アキを裏切ってる罪悪感がヤバすぎますううう！」

泣きながら、注がれた液体を豪快に飲み干す。

謝るのか酒に溺れるのか、どちらかにしてほしいものだ。

まあべつに俺も鬼じゃない。いくら忙しかろうと、仕事をキャンセルしていようと、日々の晩酌やストレス発散の飲酒を我慢する必要はないいし、心の健康のためにもルーチンは維持してほしいが……。

「一体全体、何がどうなってんだ……」

「僕から説明するよ」

「オズ。いたのか」

「うん。おつまみを切らしてるからって、パシらされちゃってね。うちからいろいろ持ってきたところだよ」

菓子の詰め合わせ袋を掲げて苦笑するオズ。

コイツも非生産的な頼み事で時間を浪費するような真似をするんだなぁ。

それともこれが母親の圧力、ってやつだろうか。

「言われてたモノ、持ってきたよ」

「あらあら。ありがとうー。乙馬も一緒に飲んでいきなさいー？」

「あはは。迂闊だなぁ、母さんは。録音されてたら、未成年にお酒を飲ませようとしてたって週刊誌にタレ込まれるよ」

「うふふ。大丈夫よー。裁判は得意ですからー」

仲睦まじい……否、いと恐ろしき親子会話。

笑顔でなんつー物騒な話をしてるんだ。

この親にしてこの子あり、って言葉は、こういうときに使えばいいんだろうか。

「てかオズ。知ってるならこの状況を説明してくれ」

「母さんが突然、お酒とおつまみを持って菫先生の家を訪ねたのさ。僕に仲介させて、ね」

「……なんで？」

「ご近所同士の交流を深めましょう、って意図みたいだね。そしたら月ノ森（つきのもり）さんのお母さんも巻き込んで、まさかの飲み会に」

「いやいやいやおかしいだろ！　確かに菫先生はご近所だが、この三人は、ほとんど初対面のはずじゃ――……」

「初対面の人と楽しく飲む、社交界じゃ当然の経験ですよー」

おっとりした声で台詞（せりふ）を遮（さえぎ）られる。

乙羽さんに会話に介入されると異様な圧を感じて、ビクッとしてしまう。

臆病（おくびょう）すぎるとか言うな。マジで怖いんだよ、この人。

「――あ、で、お話の続きなんですがー」

スイッチを切り替えたようにあっさりと、乙羽さんは俺に向けていた視線を菫のほうに戻した。

話題は、俺が来る直前までしていたらしい話とやら。

「彩羽の通う学校の先生をやりながら、大星君の作るゲームのお手伝いをしてるんですよね？　それは教師として許されることなのですか？」

「……⁉」

なんっっつうううクリティカルな会話をしてやがるんだ⁉

秘密の多い《5階同盟》だが、大っぴらにバレてはいけない秘密筆頭が、紫式部先生の本業である。

我が香西高校は私立なので、公立校のように地方公務員の法規定による兼業禁止の対象ではない。

が、私立であっても、常勤の教師は学校の就業規則に従う必要がある。規則の内容は学校により異なり、場合によっては副業が認められている場合もあるんだが——……。

ああ、もうこの前振りで明らかだよな。

そうです。普通にルール違反です。

彩羽だったら、こんなとき「。」の代わりに「☆」をつける勢いのテンションで言いそうだ。

……と、友達の妹のウザ顔を思い浮かべてる場合じゃない。

菫の奴、致命的な情報を吐いたりしてないだろうな！

「ゆ、ゆゆゆ、許されてるか許されてないかと訊かれると、もし許されていないのだとしたら、それはつまり許されない事だということでっ」

政治家のようなハイレベルな循環論法だった。

というか、もう自分がイラストレーターである事実まではゲロっちまってるのか。

いくらなんでも迂闊すぎる気がするが……酔わされて正常な思考ができなくなってるのか？

「でも、大変でしょう？」

「ほえ？」

急に乙羽さんの声が優しくなった。

その落差に驚いてきょとんとする菫に、乙羽さんは聖母の如き慈愛を込めた眼差しで、心の痛みを表現するように胸に手を当てて。

「教師とクリエイターの両立。素人の私にも、激務なのは容易に想像できますもの」

「彩羽ちゃ……小日向さんの、お母さま……！」

お、偉い。いつもの気軽な呼び方をぐっと堪えて言い直すとは。

酔いが回って舌が油を差したばかりの歯車みたいにクルックルに回ってるのかと思ったが、どうやらギリギリで持ちこたえるだけの理性は残してるらしい。

それにしても、素人、ね。

天下の天地堂の社長がよくもまあ表情ひとつ変えずに言えたもんだ。

「そうなんでずうううう滅茶苦茶大変なんでずうううううう！」

「フフ。弱音、言えたじゃないですかー」

涙でぐちゃぐちゃの菫を青春漫画の一場面みたいに優しく撫(な)でる乙羽さん。

だが待ってほしい、それはいつも弱音を吐かずに頑張ってる奴が言うから尊いのであって、常日頃(ひごろ)から弱音ばかり吐きまくってる奴が言ってもドラマなんて生まれようがないと思うんだが……。

「いい子ですねー。よしよし」

「小日向ざんのお母ざまあああああああああ！」

「ところで大星君は彩羽と真白(ましろ)、どっちが本命なのかしら」

「それはアダジも知りだいでずうううううう！」

「何の話をしてんですか⁉」

あまりにも自然に流れ弾が飛んできやがった。

恐るべし小日向乙羽……いや、天地乙羽！　菫の口を極限まで軽くしてから情報を抜き出そうとするなんて！

「母親として娘の交際相手候補のことを知っておかなきゃ、と思うのは当然でしょう。月ノ森さんならわかってくださいますよねー？」

「はい。同意。共感します。真白と恋愛、ガチ、真剣を確認。求めます」

「いや、俺はべつにそういうのは……」

「本人の供述なんて聞いてないんですよー？　あなたは犯罪しましたか？　と訊かれてYES

と答える人間はいませんからー」

「さあ、先生。吐いてください。ゲロも、真実も、吐けば全部ラクになる。なります」

「あうあー……そんなこと言われてもぉ……ああ、美人の奥様方の良い匂(にお)いがするぅ……」

左右から挟まれてご満悦のご様子。

さすがは紫式部先生、見た目は美女、頭脳は思春期男子。完全にハニートラップにハマってる奴の顔をしてやがる。

尋問内容が、俺の恋愛事情というわりとどうでもいいことなのはまだしも救いか。

まあ彩羽の正体とか、知られちゃまずいことは紫式部先生には伝えてないので、べつにいいんだけどな。

菫の人間性を信用してないわけじゃないが、こういうふうに知略に長けた人間に目をつけられ、意図せず情報を抜き取られる可能性もあるから秘密を渡さずにいたんだが……その判断が正解だったと確信できる日が来るとは。できれば一生来てほしくなかった。

「うう、実は――」

Wママの圧に潰(つぶ)されそうになりながら、菫は、目をグルグル回しながら口を開く。

「大星君は……アキは……《５階同盟》を大きくすることだけ、考えて……いまはそれ以外の、恋愛とか、青春とか、全然向き合ってないんれすううう！」

言いやがった。

……まあべつに知られても何の問題もないからいいんだけどさ。

てか聞かされたほうも困るだろ、その情報。

「…………（じーっ）」

「…………（じーっ）」

ほら、乙羽さんも海月さんも拍子抜けした目でこっちを見てる。

そうだよなぁ。夢や目標に集中してるから恋愛のことは何も考えてませんなんて第三者からしたらクソほどつまらん答えだろうし。

「大星君、ひとつ良いかしらー？」

「あっ、はい。どうぞ」

「目標も恋愛も両立すればいいだけでは？」

「えっ」

ものすごい正論を言われた気がした。

いや待て、しかしだな。俺にも俺の論理があって恋愛や青春を遠ざけてきたんだ。

カナリアのアドバイスを受けて多少は自分の人生を見直してるものの、やはりハニプレ所属の一流のチームと張り合い、この過酷な競争を勝ち抜き、才能ある仲間たちに認められながら前へ突き進むためには、プライベートに必要以上の時間は割けん。

って内容を、言葉遣いをまろやかにしながら説明すると、

「ハニプレのチームの方々も、恋愛したり結婚したりしてると思いますよー？」

「ぐ……！」

言われてみたら、確かに。

「そ、そこは俺の能力の問題ですよ。才能ある連中を束ねるには力不足。恋愛に関しても、絶対向いてないですし。両方ともやろうとしたら、どっちもおざなりになる気しかしません」

「あー。もしかして」

名推理、とばかりに乙羽さんが指を立てる。

「恋愛したらー、二十四時間、三百六十五日、ずーっと一緒にイチャイチャして過ごさなきゃいけないと思ってたりしないですかー？」

………………。

えっ。

「違うんですか？」

「なるほど、童貞ですねー」

「未経験、バージン男子、あるあるな感性。あります」

「あああああああ何だかよくわからないけど恥ずかしいことを言ってしまったことだけは何と

なく察したあああ！」

　断末魔の声を上げ、頭を抱えてのたうち回る。

　童貞を大人の女性ふたりに確信されるという羞恥プレイの極み、俺の精神はオーバーキルの大ダメージを受けて無事死亡した。

「愛の形、さまざま。テンプレ、カップル、イチャイチャ。だけが恋愛、違います」

「な、なるほど」

　月ノ森海月先生の恋愛講座が始まり、正座で静聴。

　女優に愛を語られると妙に説得力があるな。

「たとえば、いまワタシ家出中。真琴さん、きっと心配。間男、ナンパ、寝取られ。７日後、ビデオレター送られてくること覚悟、恐怖してます」

「そこまで極端な心配はさすがに……いや、してた。めっちゃしてました」

「もちろんワタシ、不倫、浮気、する気なく。一途に愛、注ぎます。でもあえて、連絡断ち、心配させたまま、してる。してます」

「いや、そこはちゃんと連絡しましょうよ。絶対いらないトラブルの元ですって」

「しません。何故なら」

　海月さんはなまめかしく、自分の唇をぺろりと舐めて。

「ワタシ、心配されてる間、真琴さんの感情、全部ワタシに向いてます」

「それはそうでしょうけど……」

「クソデカ、感情、全部向いてます」

「どうしてあえて下品な言葉で言い換えたんですか。感情が向いてるのはわかってますけど、それが何だって言うんです？」

「愛情、実感。ゾクゾクし、興奮します。だから家出、定期的にやります」

「家出がプレイの一環みたいになってる⁉」

想像以上にヤバい人だ、この人。

絶対普通じゃない。

愛の形はさまざま、を通り越して完全に歪んでる。

「ちなみに六ヶ月ぶり、十二回目の家出です」

「なに栄誉ある賞みたいな言い方してるんですか。誤魔化されませんよ。……というか、それ、相手に申し訳なく思わないんですか」

不義理を働いて、振り回して。

それで人心をコントロールするってのは、かなりの悪人に思えるが。

「んー。でもあの人、浮気、不倫、日常茶飯事。天秤、バランス、取れてる。思います」

「あー……」

納得してしまった。

というか、普段の悪行三昧、全部バレてたのか。

完全犯罪みたいな顔してたくせに、見切られてた上に意趣返しで振り回されるとか、大企業の社長のくせにダサすぎるだろ、伯父さん……。

しかしそう考えると、あの旦那にしてこの妻ありというか。ある意味、お似合いというか。

よくこの両親から真白みたいな嘘つくのが苦手そうな素直な良い子が生まれたもんだ。

それとも俺が知らないだけで、何か隠し事してたりするのかな。

……やめよう。疑い出したら怖くなってきた。

「愛情の形は人それぞれ。生活スタイルも人それぞれですから。大星君のペースで、お相手と付き合えばいいだけですよー」

「確かに……海月さんのケースを見てたら、何でもアリな気がしてきました……」

「あらあら。ではうちの彩羽と、月ノ森さんちの真白ちゃん。どちらが良いのか、いまここで決めてくださいますかー？」

「菫先生、含め。三人の中から選ぶ、認めます。三体から一つ。人気モンスターゲームの王道、パクる。模倣します」

やめてください訴えられてしまいます。そのゲームの権利持ってる王様――天地堂の社長が目の前にいるんです勘弁してください。

特に指摘する気はなさそうだけど、ツッコミも入れずに細目でニコニコ笑ってる乙羽さん、マジで怖い。

「人それぞれなら俺のこともほっといてくださいよ。《5階同盟》の俺以外のクリエイターは天才たちなんです。全力を捧げないと俺みたいな凡人が率いることなんてできないんですよ。だから——」

「そもそも論なんですがー」

論文の穴を指摘する大学教授めいた仕草で片手を上げ、乙羽さんは訊いてきた。

「どうしてそこまで天才を重視するんでしょうかー？」

「……どういう意味ですか？」

「エンターテインメントにまつわる天才、それは、青春を犠牲に捧げてまで守るべき対象なんでしょうかー？」

「…………」

素朴な、と表現するには悪意が混ざりすぎているように感じる質問だった。

こんな質問、ＹＥＳの即答に決まってる。

と、言い切れるほど単純じゃないのがまたいやらしい。

「天才がいなくても作品は作れるし、作品という場を与えられなくても天才は孤独に生きていけるのではー？」

「……。時と場合と、人によるでしょう」

「一部の天才に頼る制作ほど足元の怪しいビジネスはないと思いますけどねー。そのやり方だと、計画が破綻させられ、成長が妨げられる日がいつか来る。……うふふ。実はもう、来ていたりして」

「…………ッ」

一瞬、感情が表に漏れかけて、ぐっとこらえた。

声に冷静さは残っていただろうか？

以前にも聞いた徹底的な合理主義の片鱗。クリエイターを駒としてしか見ていない、個人の才能を全否定するような態度。

これがその辺のうさんくさい経営者が言うなら、へえ、そんな考え方もあるんですね、と軽く流して以上終了、二度と人生が交わることなくさようなら、で済む話だ。

しかし、彩羽の人生に干渉し、未来の可能性を不当に奪ってる人間がその言い草っていうのは、まったくもって気に入らない。

ただその感情をここで露出しすぎては駄目だ。

乙羽さんに彩羽の声優活動のことを悟られてしまえば、入念に進めてきた騙し打ちの準備がすべて台無しになってしまう。

……正直、痛いところを突かれたのは、悔しい。

声高く反論しようにも、できない。実際、３００万ＤＬまで跳ねさせたいと考えていた矢先に、紫式部先生の時間を確保できない事態に見舞われているのだから。

でも、だからと言って、乙羽さんの価値観に賛同する気は、……これっぽっちも、ない。

「……すみません、そろそろ帰ります。湯冷めしちゃうんで」

「そうだね。お風呂上がりに呼んじゃってごめんね、アキ」

「いや。大丈夫だ」

ふたつの意味をこめた、大丈夫。

湯冷めも、感情の爆発（ばくはつ）もしない。

「ありがとうな、オズ」

そして、ふたつの意味を込めた、ありがとう。

体調を気遣ってくれて。そして、煮えつつある脳味噌を的確に冷やしてくれるタイミングで、声をかけてくれて。

「じゃあ、俺はもう寝ます。菫先生も、お酒はほどほどにしたほうがいいですよ」

「う、うん。また明日ね、アキ……大星君」

「はい。また明日」

事情を知らなくても雰囲気で気まずさを察したらしい菫が、ぎこちなく手を振っているのを背に、俺は影石家のリビングを出ようとした。

……ん？　なんだこれ、リビングのドアが半分だけ開いてるな。

オズが入ってくるときにしっかり閉めなかったんだろうか。

精密機械みたいに正しい行動を再現するオズにしては珍しい気の抜け方だなと思いながら、俺は玄関で靴を履(は)き、マンションの共用廊下に出る。


「あっ」

「ん？　あれ、何やってんだ？」

と、そこには何故か、部屋着にガウンを羽織(はお)っただけの真白が立っていた。

真白はあたふたと手を動かして。

「ち、ちがうの。のぞいてたとかじゃ、なくて。ママが菫先生の家に行ったまま帰ってこないから。様子を見に来たの。そ、そしたら、ちょうど入りにくい話題だったから、つい引き返しちゃって」

「あー……聞いてたのか」

リビングのドアが半開きだったのもそのせいか。

「う、うん。盗み聞きみたいになって、ごめんね。でも、アキが、なんだか……」

「怖い雰囲気、だったか？」

「……。ごめんね」

うん、と言わなくても明白な、シンプルな答え。

やっぱりまだまだ交渉事のレベルが低いな、俺は。

乙羽さんのあの程度の挑発に対して、遠目に見てた真白でも気づくほど露骨な反応をしてたなんて。

「彩羽ちゃんのお母さんて、何者なの？　さっきの会話。ふつうの主婦じゃない、よね」

「天地堂の社長だよ」

「へえ、天地堂。カステラ屋さんっぽい名前だね。…………えっ。天地堂？」

「そう、天地堂。カステラ屋さんでもなければ、陸上で有名な大学でもなく、あのゲーム会社。世界でもトップクラスの」

「……。いやいや。ないよ。ないない。そんな人、実在するわけないよ」

「いやその理屈はおかしいぞ」

たとえ乙羽さんが違くても実在はするだろう。

「てか、お前が疑うのかよ。両親のステータスを忘れたのか？　すごい人偏差値を比べたらほぼ互角だぞ」

「そういえば、うちの親も、すごい人だったね……。性格がアレだから忘れてた」

本人が聞いたら枕（まくら）を濡らしそうな発言だ。

……主に父親のほう。

「でも、そのすごい人と……アキ……なんだか、変な雰囲気だった」

「……。リーダーとしての考え方が絶望的に合わなくてな」

不安にさせたまま真白を突き放すのも可哀想で、俺は素直に話の流れを教えた。

俺と乙羽さんのスタンスの違い。

そして彼女の指摘通り、限られた天才の力に頼る運営の結果に、いま、更に数字を伸ばしていこうというこの大事なときに、停滞を余儀なくされている事実。

それを、静かに聞いていた真白は。

「折衷案とか、どうかな」

「具体的には？」

「えっと。紫式部先生の力は、大事にする。でも、こういうときのために、ヘルプで、べつのイラストレーターさんにも、参加してもらう、とか」

「『黒山羊』の世界に、べつのイラストレーターさんか。……巻貝なまこ先生は、どう思うかな」

「全然気にしないよ」

「え？」

「あ、えと、予想。あくまで予想ね？　真白もアマチュアだけど小説を書いてるから。自分はあくまで文章のプロで。イラストについては、アキさえＯＫなら、文句を言う権利はない……って考えるのが普通なんじゃないかな、って。そう、あくまで一般論。うん」

「ああ、一般論か。巻貝なまこ先生本人かのような断言っぷりだったから、ビックリしたよ」

「や、やだなぁ。そんなわけ、ないよ？」

「だよなぁ」

巻貝なまこ先生は大学生の好青年だし。

しかしまあ同じカナリアから原稿を見てもらってる同士、価値観が似通っている可能性は、充分にあるし、確かにあの人なら俺さえOKと判断すれば絵柄が複数混ざることを認めてくれそうな気もする。

ヘルプで、べつの人……か。

紫式部先生以外の人に描き下ろしてもらったキャラが『黒山羊』の世界の中で動く姿を……それを見たユーザーの反応を、感情を、頭の中で想像する。

確かに絵を描く人間が体が空いてないっていうなら、新しい人を入れればいい。それは正論だし、一見効率的にも見える。

だが、違う。この意思決定には慎重さが求められるんだ。

ファンは運営の一挙手一投足をしっかり見てる。判断を誤れば《5階同盟》の信用は一気に失われ、『黒山羊』に捧げてくれた熱はそのまま失望にひっくり返るのだ。

信用を積み上げるのは長く、失うのは一瞬なのだから。

考えろ。本当にそれでいいのかを。

……いままでで一番、想像力を働かせてるかもしれない。

彩羽が役を降ろすときもこんな感じなんだろうか？　と考えさせられてしまう。

だとしたら、しんどいなぁ、これ。

他人の思考を想像するってのを、毎度、あそこまで完璧（かんぺき）にやってみせるんだから、やっぱりあいつはすげえよ。間違いなく天才だ。

「……天才、か」

「アキ？」

悩むまでも、なかった。

俺の価値観で積み上げてきた『黒山羊』が信用を得たからこそ、ファンからのいまの評価があるんだ。

つまり俺の信じた天才たちの、その才能の集大成を見たいのだと、ユーザーたちも思ってくれてるはず。

「初志貫徹、か。やっぱりヘルプはなしだ。……紫式部先生の手が空くときを待つ」

「……でも。その間、新キャラや……追加のカードイラストは……」

「復刻イベントや新規素材を使わなくても実装できる企画を、頑張って考えてみるさ。紫式部先生がなるべく早く帰ってきてくれることを期待しつつ、どうにか俺とオズで食い止めておく。……もしかしたら、巻貝なまこ先生にも何かお願いするかもしれない」

「う、うん。それはいいと思う、けど。……でも、３００万ＤＬ……早く達成したいんだよね？　新しいイラストがあったほうが、話題性は……」

「そうだな。実際、これまでも『黒山羊』公式アカウントで新規絵を告知したり、新キャラを実装するときが一番拡散もされてて、ユーザーの増え方も大きい。それはデータでも出てるし、間違いないだろうな」

「なら……」

「でも、誰(だれ)の絵でもいいとは、思えない」

　いや、正確には。

「世の中には才能ある人は大勢いるし、きっと他の人の絵も大勢の人に喜ばれるし、ＤＬ数も伸びると思う。だけど、『黒山羊』の世界は紫式部先生だけに描き切ってもらうのが、正解だ。正解だ、と、俺は信じてる」

「アキ……」

「無駄なこだわりかもしれない。非効率的な判断。不要な思考に縛られてるだけかもしれない。でも……」

「ん。ぜんぜん、いいと思うよ」

　手が、ひんやりした感触に包まれる。

　ごく自然に俺の手を握りながら、真白は灰雪(はいゆき)みたいにふわりと微笑んだ。

「アキが決めたなら、それが正解。真白は、そう信じてる」

「……そう言ってもらえると、励みになるよ」

誰かひとりでも自分の価値観を肯定してくれたら、ただそれだけで前に進む原動力になる。

真白の手を、強く握り返す。

「ありがとう、真白」

「……ッ」

ぴくっと、肩を跳ねさせた真白。

コイツが俺に向けてくれてる感情を考えると、誤解を与えかねないこの行いは正直どうかとも思うんだが、それでも、感謝の気持ちを込めてしっかり握手をしておきたかった。

いくら思春期男子と言えども、さすがにこの瞬間、下心はゼロだった。

「じゃ、もう遅いし。そろそろ寝るよ。……真白も、風邪ひかないように温かくしろよ?」

「う、うん。アキも。おなか出して寝たら、だめだよ」

「ンなことしたことないっての」

苦笑しながら、俺は軽く手を振り、自分の部屋に戻った。

……さて。

イラストは紫式部先生だけ。この条件を守りながらの成長戦略、どうしていくのが最善で、最高効率か。

全力で知恵を絞らないとな。

＊

『お隣の人魚様にいつの間にか甘やかされていた件』
『オズ』
『ごめん。このネタを使うのにいまほどふさわしいタイミングはないと思って……』
『気持ちはわかる』

なま酒同盟(2)  

巻貝なまこ
式部、ちょっといいか？

紫式部先生
ん？　どしたの、こんな朝早くに

巻貝なまこ
修学旅行の仕事、俺に手伝えることないかな

紫式部先生
え。なにそれ。イケボでアタシを口説く気!？

巻貝なまこ
イミフ

巻貝なまこ
なんで俺の正体知ってるのにその反応になるんだよ、おかしいだろ

紫式部先生
巻貝なまこ先生を好青年のイケメン作家だと思い込んでた時期が長いんだから仕方ないでしょ！

巻貝なまこ
好青年とイケメン…かぶってね？

紫式部先生
さっすが作家先生、日本語に強い！

巻貝なまこ
おいおい教師先生、日本語に弱くていいのか？

紫式部先生
数学だからいいんですぅ～

巻貝なまこ
子どもか

巻貝なまこ
まあいいや。とにかく修学旅行の仕事、手伝うよ

巻貝なまこ

俺が手伝うことで負担が軽減したら、イラストを描く時間が作れるかもしれないだろ?

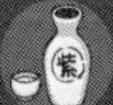
紫式部先生

あー、それでか…なるほど

紫式部先生

気持ちはうれしいけど、それは駄目よ

巻貝なまこ

なんでだよ

紫式部先生

生徒に投げたりできないわ

紫式部先生

アタシの仕事は教師が責任を持ってやり遂げなくちゃいけないことなの

紫式部先生

真白ちゃんにも、一生徒として素直に楽しんでほしいし

巻貝なまこ

おいおいおいおいだから名前はやめろって!

紫式部先生

だ、大丈夫!　あっちの部屋では絶対間違えないから!

巻貝なまこ

冷や冷やするなぁ、もう…

紫式部先生

心配しないで、なまこ先生

紫式部先生

修学旅行が終わればアタシの仕事も終わり!　来月には合流できるわ!

巻貝なまこ

来月か…短いような、長いような

紫式部先生

?

巻貝なまこ

アキ、300万DLを急ぎたがってるみたいなんだよ

巻貝なまこ

最近、ハニプレがスマホゲームよりコンシューマーの成績が良いとかで

巻貝なまこ

ただのコネじゃなくて、認めてもらうためにも、もっと急いで数字を伸ばしていかなきゃって

紫式部先生

アキ、そんなこと考えてたんだ…

紫式部先生

そうよねえ。一ヶ月って、長いものねぇ

巻貝なまこ

だから俺にできることがあるなら何でもしたいと思ってさ

巻貝なまこ

他のイラスト担当も増やしたらどうかって提案したんだけど、『黒山羊』は紫式部先生の絵にこだわりたいって言うから

巻貝なまこ

それなら俺が先生の仕事を手伝えば…って思ったんだよな

巻貝なまこ

とはいえ、無茶なこと言ったわ

巻貝なまこ

めんご

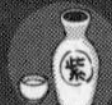
紫式部先生

なるほどねー

紫式部先生

ふーむ

Tomodachi no imouto ga
ore nidake uzai

友達の妹が
俺にだけ
ウザい

第5話 ●●●● 図書室の聖女と俺だけが密会

「1位、第六天魔王・織田信長……2位、密葬の天使・ナイチンゲール……3位——……」

香西高校の図書室には、ある噂がまことしやかに囁かれている。

奥の奥、本棚の森の奥にひっそりと隠されたような日の光が当たらない場所。

そこには開いた窓から吹きつける風に長い山吹色の髪をなびかせて、たおやかな所作で読書を嗜む、清楚な乙女の霊がいるという。

——図書室の呪われた聖女の霊。

我が校に伝わる、全部で本当に七つあるのか不明な七不思議のひとつ。

「うーん……。この手の人気投票の順位って、本当のキャラ人気を測るには、いまいちアテにならないんだよなぁ……推理パートでのステータスの強さで選ばれてたりするし」

噂なんて真に受けてる人間はそれほど多くないが、それでも噂の力ってやつは強くて。

特に用事がないなら、なんとなく近づかんでおこう……ぐらいの感覚にはさせられる。

無意識にマインドコントロールされた個人がひとりでもいれば、その感覚はすこしずつ伝染していき、いつしか集合無意識をも侵し、気づけば噂を流した人間にとって都合のいい、人の寄りつかない静かな空間が出来上がる。

「ファンアートが描かれた数が一番多いのは……怒髪天のヤンキー・極道大志、か。……あっ、やっぱり女性ファンが多いんだな、コイツ」

で、さっきからその場所でひとり言をつぶやいてる図書室の聖女……ではなく、男がひとり。

そう、俺だ。

本棚に背中を預けて座り込み、膝上に載せたノートＰＣの画面と睨めっこして、キーボードをせわしなくたたく。

「濃いファンは多そうだけど、サイレントマジョリティーの存在も無視できないよな。密かな人気がありそうなのは……氷刻の殺人メイド・霧絵あたりか。巻貝なまこ先生のダークな作風もあってか、こういうクール系の中二キャラは全体的に人気が高い」

学校にノートＰＣを持ち込んでいいのかって？　駄目に決まってるだろ、当然。見つかったら怒られるに決まってる。

だからこそ、他人に見つからない環境を構築するべく七不思議をさりげなく増やしておいたわけで。

けどまあ学校の規則なんてものは破ったところで違法なわけでもなし。

だいたいそれを言ったら、スマホも学校内では緊急時以外は使用厳禁だからな。

誰ひとり、そんなものは守っちゃいないのだ。

……訂正。一部の本当に真面目で勤勉な生徒以外は、な。

さすがに彼ら彼女らの真摯さを無視して、俺みたいな奴の行為を正当化するのは筋が通らないし。

「うーん。しかしなぁ……もっと他に、ふさわしい奴がいそうな気がするんだよなぁ……」

「センパイ☆　人気のない薄暗〜い場所で、ひとりでコソコソ何やってるんですかー?」

「いや、実はどのキャラの復刻イベントをやろうか考えててな。紫式部先生が戻ってくるまでの間の繋ぎで、いくつか新しい企画を考えておきたくて」

「わー、普通に真面目な回答ー。つまんなーい」

「どんな回答を期待してたんだよ」

「えー。たとえばー。授業中にムラムラしちゃって、私のことを想像しながらセンシティブなことをしてた、とか☆」

イラッ☆

脳味噌のキレやすい部分をウザボイスにくすぐられ、血管の切れる幻聴（本当に切れてたら死んじゃう）が聞こえ……それに触発されたのか、同時に、電流が走るような閃きを得た。

「それだ！　復刻イベントの対象キャラ、こいつでいこう！」

「お？　よくわかりませんが、私のおかげで思いついたみたいですね。感謝してください！」

「ああ、感謝する！」

「で、何のキャラの復刻イベントを思いついたんですか？」

「え、それ、実装されたばかりですよね？（ドン引き）」

「黒龍院紅月」

「そういえばそうだった……。くっ、全ユーザーが喜ぶ、文句なしの最強一番人気キャラは、コイツで間違いないのに！」

「あのセンパイが完全にデータ無視、客観視点を失ってますね……どんだけ紅月ちゃんのこと好きなんですか」

「そら好きだよ。可愛すぎるだろ、紅月。……って、彩羽。お前いつの間にいたんだ？」

いつからそこにいたのか。近くの本棚の陰から彩羽がひょっこりと顔を出していた。

「ここまで会話していまさら!? ちょっとセンパイ、集中しすぎ！」

「しかし貴重な昼休みの時間を使ってお仕事とは。相変わらずワーカホリックですねー」

彩羽は近づいてきて、俺の前で膝を抱えて座る。

俺は目を逸らした。

短いスカートでその座り方だと、こう、いろいろと……な？ てか彩羽、なんでこうお前はガードがゆるゆるなんだよ。

「なあ彩羽、男の前で無防備に座るのはどうかと思うぞ。はしたない」

「はしたないって、いつの時代の人ですかー。女の子のスカートばっかり気にしてるから気になるんですよ」

「べつにそういうわけじゃ」

「チラッ」

「⁉」

スカートの裾をつまんで、持ち上げる……フリをしてみせる彩羽に、一瞬、目が見開きかけた。……いや違う。そうじゃないんだ。けっしてスカートの下をガン見しようとしたわけではなく、信じられない光景に驚いただけで——……。

「チラッ、チラッ」

「だああああやめろ！　お前は痴女か⁉　なんでセルフスカートめくり未遂を繰り返す⁉　見えそうで見えない絶妙なラインでコントロールしやがって！」

「やー、センパイの反応が面白くて☆　熱〜い視線、ごちそうさまですっ☆」

「お前な……仮にも『図書室の聖女』なんだから、すこしは聖女らしく清楚にだな」

そう、何を隠そうこの偽造七不思議、『図書室の聖女』の正体はこの女、小日向彩羽。

彩羽の入学前、去年から俺は噂の種をコツコツまいていたんだが、彩羽が入学して図書室のこの場所に居ついたせいで噂が定着したのだ。

山吹色の髪の清楚な乙女、というイメージは今年から生まれたものだったりする。

　このあたりの本棚はＢＬ要素のある耽美系小説やらちょっとエッチなタイプの本が並んでて、彩羽はそれ目当てで来てるだけなんだが、結果的に他人が寄りつかなくなってくれたおかげで俺もこうしてたまに作業に使えるから非常に助かっていた。

　で、その偽造七不思議のフェイク聖女はいま、清楚１００％（景品表示法違反）のしぐさで、不満たっぷりに唇をとがらせている。

「えー、でもセンパイ、ウザくしてろって言ったじゃないですかー。文化祭のとき、あんなに熱烈に」

「う……いや、だからってべつに際限なくやれって意味じゃなくてだな。ＴＰＯをわきまえたウザさを心得てほしくてだな……」

「まったくもー都合のいいことばっかり言うんですから」

　正論だった。

　それについては反論の余地もないので、俺はサクッと話題を変える。

「本でも読みにきたのか？」

「でした！」

「過去形？」

「菫ちゃん先生にオススメされてた本を……って思って来たんですけど、センパイがいたんで計画変更。凸系美少女彩羽ちゃんのノンアポ突撃取材を開始しようかと」

「迷惑系美少女はさすがに需要ないからやめとけ。……ない、よな……？」

すこし不安になった。

「おや。誰か来ますね。ＰＣ、隠したほうがいいですよ」

「……！」

彩羽に言われて顔を上げると、本棚の反対側からカツカツカツと、高い足音が確かな意思を持って近づいてきた。

あわててノートＰＣを閉じて尻の後ろに隠す。教師、生徒、司書、誰が来てもいいように、ニュートラルな表情を作って身構えていると――……。

「大星君、ここにいたのね。ちょっとお邪魔するわ……お邪魔しました！」

「ちょ、待っ」

威勢よく飛び出してきたくせに１ターンで逃げるメタル系モンスターのような挙動を見せる、女教師――影石菫の腕をつかんで、引き止める。

「なんで逃げるんですか！」

用があって来たんじゃないのか？

なのにとんぼ返りとか、意味不明だ。

そんな俺のごく当然の疑問に、菫は、目に涙を溜めて力強く言い放った。

「だって、アキと彩羽ちゃんは密会中なんでしょう。お邪魔虫になるのだけは駄目。そんなのカプ厨失格だもの！」

滅茶苦茶どうでもいい理由だった。

「で、わざわざ昼休み中にどうしたんです？」

取り乱していた菫を落ち着かせて、図書室の聖女の定位置には俺と彩羽と菫の三人。

貸し出し当番の図書委員もなるべくならこの場所に近づきたくないらしいとはいえ、さすがに過密すぎてバレるんじゃないかとそわそわするんだが。

「前にオススメされた本どれでしたっけ。男子と男子が青春の汗と涙を流すスポーツの」

「ああ、あれね！　確かあの辺に～」

「無・視・す・ん・な」

「あだだだだ！　それ駄目ッ、いま肩のツボを押されたら効いちゃううううう！」

一文字ごとにツボを押し込むと俺の手をバシバシたたいてギブアップ。

不健康の証なのでぜひとも養生してほしいものだ。

……まあ、そういうわけにもいかない状況だってのは俺もわかってるけど。

「俺に何か用事があったんだろ。はよ本題に入れ」

「あー、そうだった。密会現場の衝撃ですっかり忘れてた！」

「勝手に密会にすんな」

これだから妄想たくましい女教師は困る。

生身の俺とオズでBLカップリング妄想をされるのもご遠慮願いたいが、男×女だとしても行きすぎれば指摘せざるを得ない。

「まあまあいいじゃない、この妄想が創作パワーに繋がるんだから！　……でね、肝心の本題なんだけど」

オススメ本の場所を聞いてワクワクしながら本棚を漁ってる彩羽を横目に、菫はすらっとした立ち姿で本棚に背中を預けて。

「やっぱりアタシ、今月もイラスト作業をやることにしたわ」

「……え？」

「発注をストップしなくていい、って言ったのよ。紫式部先生にドーンと任せなさい！」

自分の胸の上を親指で突いて菫はフフンと得意げに笑った。

歴戦の戦士か、ってくらいに頼もしい仕草。

正直、助かるけど……いやでも、おかしいだろ。

「ありがたいのは、ありがたいけど。でも、今回はキツイって判断したから発注を止めてほしいってお願いしてきたんだろ？　本当に大丈夫なのか？」

「大丈夫、大丈夫。よく考えたらアタシ、さすがに自分に甘すぎたわー」

と、菫は頰を掻く。

この注文書に記入して、お近くの書店へお申し込みください。

書籍扱い（買切）

予約注文書

書店印

【書店様へ】お客様からの注文書を弊社、営業までご送付ください。

（FAX可：FAX番号03−5549−1211）

注文書の必着日は商品によって異なりますのでご注意ください。

お客様よりお預かりした個人情報は、予約集計のために使用し、それ以外の用途では使用いたしません。

2021年7月15日頃発売	著	白石定規　イラスト　あずーる	
	ISBN	978-4-8156-0830-9	
GAノベル 魔女の旅々17 ドラマCD付き特装版	価格	2,970円	
	お客様締切	2021年 5月14日（金）	部
	弊社締切	2021年 5月17日（月）	

2021年8月15日頃発売	著	三河ごーすと　イラスト　トマリ	
	ISBN	978-4-8156-1013-5	
GA文庫 友達の妹が俺にだけウザい8 ドラマCD付き特装版	価格	2,640円	
	お客様締切	2021年 6月10日（木）	部
	弊社締切	2021年 6月11日（金）	

住所 〒	
氏名	電話番号

特装版は書籍扱いの買取商品です。

返品はお受けできませんのでご注意ください。

新キャラ追加!!
7月15日頃発売!
魔女の旅々17
ドラマCD付き特装版
著●白石定規
イラスト●あずーる
大注目作の特装版が発売です!!
このチャンスを見逃すな!
アニメ化決定★
新キャラも登場!
8月15日頃発売!
友達の妹が
俺にだけウザい8
ドラマCD付き特装版
著●三河ごーすと
イラスト●トマリ

その表情は《猛毒の女王》と恐れられる女教師ではなく、いつもの軽い調子の紫式部先生だ。

「夜にお酒飲む余裕があるなら、その時間でまだまだ働けるってことだもの！」

「や、それはそうなんだが……。最初から設定されてた〆切の直前に泥酔してるならともかく、普段の晩酌まで責めたりしないぞ？」

「アキはアタシの晩酌時間を知らないからそう言うのよ！　削ったら作業時間なんて無限に湧き出てくるわ！」

「なんで俺はこんなクソみたいなことをこうも偉そうに言われてるんだ？」

「名付けて時間の埋蔵金作戦よ！　……アタシも《５階同盟》の一員だもの。アキにだけ大変な想いはさせないわ！」

「紫式部先生……」

くそダサい作戦名や物語のクライマックスには全然ふさわしくない理由はともかく。

力強く言い切られ、じん、と感動が胸に染みる。

今日は朝から何の復刻イベントをやろうか、とか、それだけじゃやはり新規の話題性に欠けるから、どんな工夫で乗り切ろうかと知恵を振り絞り続けてきた。

すこしずつ時間が過ぎていく中で、思いつく策の悉くが、あくまで次善の策でしかない事実に焦りを禁じ得なかった。

自分にできることの限界を思い知らされた、とも言う。

紫式部先生に頼れればこんなにラクなのに、自分だけではこんなにも無力だ、と。

だからこうして彼女のほうから作業再開の申し出をしてくれたことは素直にうれしく、正直に言えばホッとした。

……でも、本当に大丈夫なんだろうか？

いつも弱音を吐きながらも、守れるかどうか不明な〆切に果敢に挑戦、そして敗北していた。

いつもギリギリだったのだ。

それでも依頼自体のストップまでは求めてこなかった彼女が、本気でスケジュールの相談をしてきたってことは、今回ばかりはガチでキツイんだろうと思っていたんだが……。

いつもの〆切間際の弱音の範疇だった……ってことなんだろうか。

「そーいうワケだから、発注書をまとめて送ってちょうだい。全人類総勃起の、えちえちなキャラをお披露目しちゃうわよーん。フッフフフー♪」

「ストアの審査落ちちゃうんで、ほどほどのレベルでお願いします……」

てか生徒の前で下ネタ言うな。いちおう図書室の聖女（設定）もそこにいるんだからさぁ。

「わはーっ！　なんですかこれ⁉　学校にこんなの置いてていいんですか⁉」

「……おっ！　たどり着いたのね、問題のシーンに！」

「ですです。試合に負ける主人公をライバルが慰めるどころか口汚く罵るシーン。でもそれは、主人公の性格を完璧に把握してるからこその完璧なコミュニケーションで、主人公が本当に欲していた言葉っていう！　エモすぎるんですけど！」

「それー！　ホントそれー！　アタシなんかそこ発売当時に読んだとき、昇天したわ！」

「成仏してくださいー。南無南無」

「南無南無」

ＢＬ談義を交わしながら、ふざけた感じで祈りを捧げる彩羽と菫。

オタ女子トークを交わすその姿の、あまりの平常運転っぷりに、俺ははぁと肩を落とした。

心配は不要だった……か？

うーむ。菫本人の言葉だけだと、いまいち判断しにくいな。

彼女が、本当は限界なのに己のキャパを無視して、無理して依頼を請けようとしてる可能性も否定できない。

………。

仕方ない。放課後、ちょっと確かめに行ってみるか。

＊

その日の放課後、俺が向かったのは、特別教室棟にある教室のひとつだった。
香西高校の文化祭——金輪祭のシーズンには、金輪祭実行委員の活動本部に宛てがわれていた教室である。

いまでは修学旅行実行委員の活動拠点になっているあたり、もともとその手の用途で使われることが多いんだろう。

ここに来た理由は、他でもない。菫の様子を見に来たのだ。

順調に仕事が進んでいそうならそれでいい。

だがもし精彩を欠いていたり、疲労が見えるようだったら、俺からあらためてイラスト依頼をストップさせるつもりだった。

教室のドアは閉まっている。

中の人に気づかれないよう慎重に、半分だけドアを開けて中を覗き込んだ。

すると、

「――源氏物語ゆかりの地を巡るのはどうかな?」

真っ先に耳に飛び込んできたのは、最近わりといろんなイベントで耳にする女子の声。

二年生の首席生徒。定期テストは毎回、全教科100点。モンスター級の優等生。

最近は保健体育も完備のミドリペディア、頭脳とIQの反比例、愛され漫才キャラといった不名誉な称号も獲得しつつある女――その名も、影石翠。

翠を中心に、数人の真面目そうな生徒たちが卓を囲んで議論していた。

「京都の修学旅行ルートとしては珍しい気もするけど……。翠さん、源氏物語好きなの?」

「うん、あらゆる古典の中で一番好き。美意識がしっくりくるんだよね」

「へえ。そういえば、京都には作者の紫式部のお墓もあったような」

「そうそう！　せっかくだからそこも見に行きたくて——って、べ、べつに私情で決めてるわけじゃないけどね？」

「あはは。べつに私情でもいいのにぃ」

　相変わらず翠は愛されてるなぁ。

　しかし翠が古典作者の中で紫式部が一番のお気に入りってのは、なかなか因果な話だ。

　菫のＰＮ（ペンネーム）が紫式部先生なのは、やっぱり姉妹（しまい）だから好みが似通うのか、あるいは一緒に生活する中で互いに何らかの影響を与え合ってるのかもしれん。

「あー、提案なんだがー」

「あっ、音井（おとい）さん。もちろん、どんどん意見を聞かせて！」

　音井さんもいるのか。

　文化祭では翠に協力を要請されて実行委員をやってたけど、まさか修学旅行でも手伝ってるとは。

　まあどうせ文化祭のときみたいに甘いもの食べ放題だから、みたいなよこしまな裏がありそうだけど。

「寺社仏閣巡りは欠かせないだろー。修学旅行の役割は日本の文化と歴史に触れることで豊かな心を育む情操教育のなんたらがあってなー。そうだろ、影石ー？」

「確かに……音井さんの言う通りかも。由緒ある建物について学ぶことこそ、私たち高校生のあるべき姿勢。京都の修学旅行の王道中の王道だもんね！」

「そー、そういうやつー」

あの音井さんが……まともな意見を出してる……だと……？

信じられん。

翠の仕事を手伝っているうちに奉仕の精神に目覚めたんだろうか。

「恋愛のご利益（りやく）で有名な清水寺に行けば、恋愛脳でふやけた連中がおもろいムーブしてくれたりして、音楽作りのイイ刺激になりそうだしなー」

「え？　いま何て？」

「学生の本分は学業がなんたらかんたらー」

「なーんだ。不真面目な台詞（せりふ）が聞こえた気がしてびっくりしちゃった」

「不真面目なわけないだろー。こうして自分から立候補して実行委員に来るカンジの真面目系のアレだしー」

「うんうん。そうだよねえ。文化祭では私から音響をお願いしたくて声をかけたけど、今回は音井さんのほうからの立候補だもんね」

「そーそー。実行委員に影石がいると、わりとラクしても気づいたら影石が全部やってくれて

るし、それでいて自分の意見は通しやすい神環境だって学んだからなー」

「ん？　ごめん、ちょっとよく聞こえなかったんだけど」

「影石は真面目で頼れるイイ女だな、って言っただけー」

「ええ⁉　も、もう、やめてっ。真面目な場で茶化さないでよっ」

全然目覚めてなかった。音井さんはただの音井さんだった。

翠の仕事を手伝っているうちに寄生の精神に目覚めてしまったらしい。

というか翠、あからさまに都合よく利用されてるのに全然疑うそぶりを見せないんだな……。

素直な良い子なんだろうけど、そのうち本当に悪い人間に騙されそうで心配になってくる。

大学入学と同時にテニスをしないテニスサークルに入ったりするなよ。マジで。


「――だいたい意見は出揃ったかしら。そろそろまとめてくれる？」


俺がひとりの優等生の将来を心配していると女教師の声が場の緩んだ空気を引き締めた。

「あ、はい！　お姉ちゃ……影石先生。――じゃあ、京都の伝統ある寺社仏閣を順番に巡っていくツアーの提案に、反対の人はいるかな？」

「「「異議なーし」」」

「――了解。寺社仏閣の多い地域を中心に、なるべく多くの場所を回れるホテルを探すわね」

「あ、ありがとうございます。でも、本当にいいんですか？」

「何がかしら？」

「私たち生徒の会議に委ねたりして……。二年生全員が泊まれるホテルを新しく探すのも大変なのに。行きたい場所の希望を集めて、なるべく多くの場所に行ける一番都合のいい宿泊先を選ぶなんて」

「学校都合を押しつければいいじゃないか、って？」

「うん……。そのほうがお姉ちゃ――影石先生の負担、少なくて済むと思うんですけど」

「フフ。アタシも侮られたものね」

「えっ。いや、そんなつもりじゃ……っ」

「わかってるわ。翠ちゃ――影石さんは優しいから、気遣ってくれてるのよね」

「う、うん。ただでさえ、例年とは違う宿泊先を手配するなんて大変なのに」

「ありがとう。でも心配ないわ」

心配する翠の髪を撫でながら、菫はクールビューティーな仮面の上に優しい姉の顔を載せて。

そして、すぐさま《猛毒の女王》に戻る。

「学業も行事も完璧に。それこそがアタシの教育の真髄よ。どちらも中途半端は許さないわ。……実行委員諸君！」

「は、はいっ」

「最高の修学旅行を実現するため、全力で取り組みなさい。ルートが確定したら必要な予算の算出、事前に申請の必要な施設の洗い出し、当日用のしおりの作成に入りなさい。影石さん、誰にどの作業を割り振るのか、マネジメントはあなたに任せるわ。アタシの信用に見事応(こた)えてみなさい」

「は……はい！　私、頑張ります！」

背筋を伸ばして生真面目(きまじめ)に敬礼。

翠らしいその仕草に満足げにうなずき、菫はノートＰＣを開き、何らかの作業を始めた。

実行委員の監督を勤めながら、同時に普段の教師業務もこなしているんだろう。

なるほど、効率的だ。

紫式部先生モードのときはダメ人間の面ばかりが目立ちまったくその片鱗を窺(うかが)わせないのだが、こうして教師仕事に打ち込んでいる姿を見ると、あらためて彼女が優秀な人間だってことを思い出させられる。

翠が憧(あこが)れるのも理解できる。

いまも彼女の目はぽわーっと夢見がちにとろけていて、撫でられた頭を幸せそうにさすっていた。

「……とりあえずは大丈夫そう、か？」

全部を自分の業務として抱え込むのではなく、可能な範囲で生徒に権限を委譲。

タスクを整理し、本当に自分にしかできない仕事にだけ集中しているようだし、この分なら菫の自己申告通り、イラスト作業を依頼することもできそうだ。

俺はホッと息をつくと、教室の中の人に気づかれないようにドアを閉め直し、足音を殺してその場を立ち去った。

当面の心配事はクリアした。

とはいえ、３００万ＤＬに向けた施策を紫式部先生にだけ丸投げするわけにはいかない。

イラストは当然のこと、それはそれとして新しい企画は考えなければ。

そうと決まれば、放課後の学校にいつまでも居ても仕方ない……と、俺は早足で昇降口へと歩いていく。

部活のない生徒はほとんど帰った後で、静かになった廊下を歩いているのは俺ひとり。

生徒で溢(あふ)れてる廊下では、すれ違う生徒やその辺に立っている生徒の顔なんて見やしないし、意識もしない。

が、こうして人の気配がほぼない廊下では、何も特別なことなどしてない、ただ立ってるだけの生徒や、廊下に座り込んでいる生徒の姿はやけに目についてしまうものだ。

――そう、いまみたいに。

二年生の下駄(げた)箱の前まで来たとき、廊下に座るふたりの女子生徒の姿に、俺の目は無意識に吸い寄せられていた。

「あ！　センパイやっと来た！　もー、どこほっつき歩いてたんですか？」

しかも、そいつは、知り合いだった。

知り合いというか、友達の妹だった。

「ちょっと用事があってな。それよりお前、俺が来るのを待ってたのか？」

「YES！　ちょっと事件がありまして。センパイに相談したいなーと思ったのに、LIMEに出てくれないんで待ち伏せしてたんですよ」

「LIME？　……ああ、ホントだ。メッセきてたわ」

スマホを確認して納得した。

作業に集中したいときは仕事と無関係なLIMEグループの通知をオフにしてるんだった。あ、彩羽とはいちおうLIMEでも仕事のやり取りはするけど例外でオフ対象。忙しいときに限ってクソしょうもないメッセを連打してくるんだよ、こいつ……。

まあ彩羽の収録スケジュールを完璧に把握していて、通知を切っても大丈夫なタイミングがわかってるからこそできることではあるんだが。

「で、わざわざ下駄箱で待ってたのか。よくわかったな、まだ校内にいるって」

「まだ靴が残ってたんで」

「あー、なるほど。まあ、普通それでわかるよな」

「センパイの靴にイタズラ仕掛けるタイミングを常日頃から狙ってたおかげですね☆」

「狙うな、アホ！」

パチン☆　とウインクしてくる彩羽。

待て。待て待て待て。ストップ。

いくらウザさを推奨する俺とて、これはさすがに教育的指導が必要な場面だぞ。

「いいか？　最近はテレビのイタズラだのドッキリだので、視聴者に不快に感じられてしまい、問題化するケースも増えてるんだ。お前も役者を目指す身なら、清く正しい健全なウザさのみを追求し、バレたら炎上するような真似は謹んで――」

「あ！　ちょ、センパイそれ地雷っ」

「え？」

彩羽のプロデューサーとして、セーフなウザさとアウトなウザさの境界をしっかりと教育しようと説教モードに入った矢先だった。

何故か彩羽のほうが、よくもやってくれましたね、というあきれた感じの顔になっていた。

それとほぼ同時。

「うわあああああああん！　もうやだあああああああ！」

高校生ともなると滅多に聞けない、小学生レベルの情けない声が聞こえた。

そういえば、下駄箱前の廊下に座ってたのは、ふたりの女子生徒。

彩羽の横に、もうひとりいた。

真っ青(まっさお)な顔で頭をかかえ、絶望の喘(あえ)ぎを漏(も)らすのは――……。

友坂茶々良(ともさかささら)。

彩羽の親友になった女子で、ちょっと変な奴だが一流の美的センスを持ち、人気も確かな、一流のピンスタグラマー。

「友坂⁉　おま、どうしたんだ、その顔色？」

「う、うぅ～、大星ぜんばぁい……！」

情けなく涙と鼻水を出しながら、すがりついてくる茶々良。

カリスマをどこかに置き忘れてしまったかのようなガチ泣きっぷりに困惑し、ちらっと彩羽のほうを見る。

「何があったんだ。失恋……とか？」

「説明しましょう。実はですね――」

赤子をなだめるようにぽんぽんと茶々良の背中を撫でながら、彩羽はため息まじりに事情を説明し始める。

俺のような陰の者とは正反対の属性である茶々良が、こうまで心乱れるような事件というのは、きっと思春期の女子らしい、俺には縁遠い話題なんだろうな……と、可哀想(かわいそう)だが他人事のような気持ちで俺は耳を傾けた。

「実は茶々良のピンスタが大炎上しまして」

「詳しく聞かせてくれ」

ガッツリ放っておけない話題じゃねえか。

＊

『友坂さんはいつかやると思ってたよ』

『言ってやるな、オズ』

『じゃあアキは、攻撃力全振りで防御滅茶苦茶甘そうな友坂さんが一生炎上することなく平穏に活動を続けられると思ってた？』

『や、それは……』

『オタクへの偏見や思い込みをストレートに口にしちゃうタイプの子が、ついうっかり何かの地雷を踏んじゃう事件が一生起きないと――』

『……すまん。ぶっちゃけ、いつかやらかしそうだと思ってた』

『だよね』

『だがまだ友坂が悪いと決まったわけじゃないから、そこは慎重に見てやってくれ。頼む』

『仕方ないなぁ。じゃ、続きの話を聞かせてもらおうかな』

Tomodachi no imouto ga
ore nidake uzai

友達の妹が
俺にだけ
ウザい

第6話 ●●●● 友達の妹の友達が理不尽に炎上

「うう……つら……うま……つれぇ……うめぇ……」

「泣くのか食うのかどっちかにしろ」

涙を流しながらも、茶々良の、皿の上のパンケーキを食べる手が止まらない。

駅前のお洒落なカフェ。

店内には放課後の中高生らしき制服姿の女子が大勢詰めかけていて、楽しそうな会話が飛び交っている。

ＳＮＳで話題になってる（らしい）パンケーキで有名な店だ。

あきらかに男子の姿は少なくて、ただでさえ俺は微妙に居心地が悪いのだが、テーブルの空気がよそよりも2キログラムぐらい重いせいで、余計に浮いてる気がした。

まあ、約一名、ひとりで空気を軽くしてくれてる、陽気なオーラを発してる奴がいるおかげで、中和されてるんだが。

その一名は、言うまでもないと思うが彩羽である。

「うーん♪　うまうま。あ、センパイ、ブルーベリー残してますね。もらっちゃおーっと☆」

「ばっ、それ残してたんじゃなくて、旨そうだから後回しにしてたんだよ！」

「もう遅い！　好きなものは早く摑んでおかないと、かっさらわれちゃうんですからね！」

「あんたらアタシを慰めたいのかイチャイチャしたいのかどっちかにしろよぉ……ぐすっ」

三分の二が騒がしければ、まあ浮かずに済む……か？

茶々良もなんだかんだ言って、パンケーキを食べる手は止まってないし。

「……で、ピンスタのコメントやＤＭでクソほど悪口届きまくってるのはわかったが、炎上のきっかけは何なんだ？」

甘いもので腹も満たされ、茶々良もまともに会話できるようになってきたので俺はようやく切り出した。

「実は企業のＰＲ案件で、ミネラルウォーターの宣伝をしてさ……」

「ＰＲ案件……」

ドキッ、とする。

そして同時に、やはりこの件は捨て置かずに時間を割いてでも話を聞いておいてよかったと確信した。

自分も茶々良に『黒山羊』のプッシュをしてもらえないか考えてる手前、この手のＰＲにまつわるトラブルはけっして他人事じゃない。

「何があったんだ？」

「実は『ミネラルウォーターの会社がＣＭに起用したタレントが不倫して、そんなタレントを起用するこの会社はクソだから、こんなクソ会社の商品を紹介してるこの女もクソに違いない』ってたたかれて――……」

「は？」

　何かおかしなことを言われた気がした。

　念のため、聞き直してみる。

「すまん。よく聞こえなかったんだが、もう一度言ってくれないか？」

「『ミネラルウォーターの会社がＣＭに起用したタレントが不倫して、そんなタレントを起用するこの会社はクソだから、こんなクソ会社の商品を紹介してるこの女もクソに違いない』よ。アンチのセリフを何度も言わせないでよっ、思い出したくもないんだからっ」

　愕然（がくぜん）とした。

「聞き間違いじゃなかったか……」

　茶々良自身が不倫してたとかなら百歩譲ってまだわかるとして、完全に理不尽な飛び火だ。気にする必要ゼロのとばっちり案件だろ、と切り捨ててしまえばラクなんだが、茶々良が傷ついてるのは確かだし、どう言ったもんかなーと考えていると――……。

「や、それアンチが普通にゴミなだけでしょ。茶々良が気にする理由なさすぎて、ウケるんですけど。笑（わら）！」

行ったァ――――ッ！　彩羽の奴、ストレートに行きやがった！

もしかしたら茶々良が意外と繊細で、悪くなくても自分を責めてしまうタイプの奴かもしれなくて、ワンチャン軽い励ましは逆効果の可能性も否定できないわけで。

「アタシだって黙って泣き寝入りしてたわけじゃないっての……反論したわよ、ちゃんと」

「反論？　なんて返したんだ？」

「『他人の不倫とか正直どうでもよくね？　絡(から)んでくんなし、めんどくせーな』……って」

「きっちり火に油を注(そそ)いでるじゃねえか！」

「ぷ……あはははははははははは！」

「彩羽ぁ、笑うなよぉ……」

「ごめ、ごめんごめん。やーでもだって、めっちゃ茶々良っぽいエピソードだから」

お腹(なか)を抱えて笑いながら目に浮かんだ涙を指で拭(ぬぐ)う。

茶々良から涙目で肩をポカポカたたかれながらも、彩羽はまったく笑いを止める気配がない。

「もぉ……アタシは本気で落ち込んでるのにぃ……」

「ごめんってば。ほら、私のぶん、ひと口あげるから。これで許してねー☆」

「子ども扱いすんなぁ……」

「じゃあ食べない？」

「食べるぅ……。ぱくっ……うまぁ……」

差し出されたフォークを躊躇なく咥えるあたり、心配するほどにはダメージを受けてなさそうだ。元気そうで何より。

まあ、火に油を注ぐ発言だったとはいえ、自分が本当にやらかしたわけでもないんだから、茶々良の発言もべつに責められるようなモンじゃないしな。

長々と傷つくような話でもないとは思う。

……それはさておき。

彩羽と茶々良の微笑ましいやり取りを横目に手元で操作していたスマホに目を落とし、事件について調べていたが、おおむね彼女の説明通りの流れらしい。

有名人の不倫に興味津々な人は多いようで、今日の話題をかなり独占しているようだった。

こんな簡単に炎上してしまう世間の反応を見ていると、呼吸するように不倫してる月ノ森社長はずいぶん危ない橋を渡ってるよなぁと思ってしまう。

ただまあ、炎上騒動を知らなかった俺が第三者視点で見る限り、ほとんどの人は不倫事件と無関係な茶々良をたたくのはお門違いだと理解しているようだった。

騒動に乗じて茶々良――ピンスタグラマーSARAをたたいているのは、あきらかに、以前からSARAを気に入らない奴だと言って嫌っていた層で、元々のファンは、ほとんど擁護に回っている。

「ほとんどのファンは気にしてないみたいだぞ」

じすん…

「でも、一部は失望したって……。炎上がきっかけでその男性俳優の恋愛遍歴が暴かれてさ。女の敵だーって言われてんの。だから根も葉もないのにアタシまでその俳優と怪しい関係なんだろって」

「確かに言ってる奴もいるが、それお前のファンじゃないだろ。どのコメントのことだ？」

「これとか。……『あんなヤリチンの擁護をするってことは、あなたも彼の愛人なんですね。SARAさんのファンでしたが失望しました』って！」

「いやこれ完全にファンじゃない奴の書き込みだから」

「マジ⁉　……どうりでこの名前、コメント欄で一回も見たことないと思った……」

素直か。と心の中で突っ込む。

ネットの定型句みたいなものに慣れてなくて正面から受け取っちゃうんだろうなぁ。

「でも、ファンじゃないっつっても、ショックなことはあって……」

「ふむ？」

「アタシさ、アタシの発信を見て、綺麗になれた〜とか、前向きになれた〜って、女の子に喜んでもらえると、めちゃアガるんだよね」

「それはわかる」

俺も『黒山羊』がプレイヤーの現実を好転させたと知ったら、純粋にうれしい。

オタク向けのクリエイティブも、リア充向けの発信も、根本の喜びはきっと共通しているんだろう。

「ファンじゃない女の子にも、ひとりでも多くアタシの活動が届いたらって思ってたからさ。女の子から、『お前は女の敵だ』とか『ビッチは消えろ』とか言われると、さすがに落ち込むんだよね……」

「あー、確かにそれは堪えるな……」

俺も基本的には、物語とキャラを愛する人向けに全力を尽くしてゲームを届けてるつもりだ。非オタから、萌えキャラに興味ねーぞカス、と言われても、あっはい舌に合わずにすみませんどうぞよそにお行きやがれください、と一笑に付せるけど、純粋なゲームファンから、普通につまんなかった、と言われたらグサリとくる。

俺はプロデュースする立場なので、その意見を取り入れるかどうかを検討し、方針を前向きに考える……みたいなドライな心の処理ができるんだが、作品を生み出したクリエイター本人にとっては、さらにきついだろう。

「ちなみに、その女の子のコメントってのは、具体的にどれだ？」

「ほらここ。『あたし女だけどＳＡＲＡとかいうクソビッチ、絶対援助交際してんだろｗ』」

「男じゃないか」

「はっ⁉　マジで⁉　えっ、えっ、だって、女って書いてあるじゃん！」

「いいか友坂。ネットで『あたし女だけど』ってつける奴は、だいたい男だ」

「し、知らなかった……。ええ……嘘じゃん……嘘つく人とか、意味わかんない……」

「はいダウトー。茶々良も、彼氏いるってクラスのみんなに嘘ついてましたー☆」

彩羽が会話に乱入してきた。ぷぎゃーと茶々良を指さして、小学生みたいなノリで指摘する。

それな。俺も言おうと思ってた。

「う……。あれは、みんなに羨ましがられたかったし……得があるし！　ネットで女のフリしても何の得もないじゃん！」

「何が得になるかは人によって違うってことだよ。他人にはわからん利益もあるってこった」

俺や茶々良の活動も理解できない人はできないだろうし。

とはいえ、人気者の茶々良のことだ。ここまで他人に悪意を向けられたのは現実でもSNSでも初めてなんだろう。

不安に襲われて、落ち込んでしまうのも無理はない。

「まあ、安心しろ。もう対処の依頼はしてあるから。きっとすぐに済む」

「へ？　対処って……何すんの？」

「消えてもらうんだよ。鬱陶しい連中にな。――まあ、消すのは俺じゃなくて俺の友達なんで、偉そうなことは言えないんだが」

実はさっきからスマホをいじっていたのは、炎上事件について調べるだけじゃなく。

ほぼ同時に、我が頼れる相棒――オズとＬＩＭＥメッセージでやり取りしていたのだ。

依頼といっても、そんな大それたものではなく。

『このＳＡＲＡって子をたたいてる奴、とりあえず削除して、あといざというときの訴訟用に個人情報を抜いといてくれ』

『了解』

という、たった二文の日常会話。

「大星先輩の友達？」

「小日向乙馬って知ってるか。二年だとかなり有名なイケメンなんだが。そいつにかかれば、この手の問題は一発だ」

「あー、なんかうちのクラスで話題になってたっけ。確か彩羽の――」

「そっ。うちのお兄ちゃん」

「だよね！　美男美女の兄妹だとか持てはやされてて、めっさ悔しかったの憶えてるッ。……えっ、その人が何かしてくれるの？」

「してくれる、っていうか、もうした、みたいだぞ」

「へ？　……あれ!?　マジだ！　たたきコメント減ってる……検索エンジンのサジェストも、変な単語と一緒に表示されなくなってる!?」

「オズが一晩どころか十分でやってくれた」

方法は知らん。

特に追及もしない。原理や理屈は不明だが何とかしてくれる、それが小日向乙馬という天才なのだと雑に解釈してる。

「まー、お兄ちゃんなら一瞬ですよね。相変わらずパないなー、あの人」

「あ……⁉　彩羽、もしかしてお兄さんならすぐ解決できるって最初からわかってたっての⁉　微妙にヘラヘラしてたのもそのせいかよ！」

「せいかーい☆」

「ぐぬぬ……てか、だったらなんでお兄さんのところに直接連れて行かなかったわけ？　大星先輩、いらなくない？」

「友坂、お前、言葉には気をつけろよ……」

傷つくだろうが。

てか、口は災いの元、ってことわざのお手本みたいな騒動に巻き込まれた直後なんだから、もうすこし意識を高く持ってほしい。

「いらなくないんだなぁ、それが」

茶々良の問いに彩羽はチチチと指を振って。

「お兄ちゃんはセンパイ推しガチ勢なんで、私の頼みより断然センパイから頼んだほうがイイ仕事をしてくれるんですよ。ねっ、センパイ？」

「まあな」

「ん、んん？ 彩羽のお兄さんが、大星先輩推し……？ 推しって、好きって意味だよね？ アイドルのオタクみたいな奴らがたまに使ってる言葉」

「そそ。お兄ちゃん、センパイの言うことなら秒で承諾するから」

「何その絶対服従関係⁉ えっ、意味わかんない。付き合ってんの？」

「付き合ってねーよ。まったくリア充は、すぐ恋愛で語ろうとする。視野が狭いぞ」

「なんでアタシがおかしいって流れにしてんの⁉ どう考えてもアタシの反応、常識的だよね⁉」

俺とオズの関係は、どうやら茶々良にとって常識の外側らしい。

友達の多い彼女が言うなら実際そうなのかもしれん。

何せ俺の友達はただひとり、オズだけ。サンプル数1じゃ常識なんぞ語れない。

「ついでに悪意ある書き込みを自動で判別して非表示にするツールも作るってさ。とりあえずこれで当分は変な奴に心を乱されることもないだろう。……安心して、旨いモン食っとけ」

「う、うん。……あんがと」

弱ってるタイミングだからか珍しく素直におとなしく、茶々良はパンケーキを口に運んで。

「うぅ～ん……うまぁっ♪」

頰（ほお）をとろけさせ、目にハートマーク（もちろん気のせい）を浮かべた。

幸せそうで何よりだ。

「にしても、茶々良はともかく、不倫発覚でタレント生命おしまいかぁ。有名人って大変ですねー」

「多くの人間に好かれるってことは、それと同じだけ嫌われるってことだからな」

「むーん……」

唇をみょんととがらせて、彩羽は言葉少なく何かを考え込んでいる。

現在最も他人事（ひとごと）で、きっといつかは自分事（じぶんごと）。

正体を隠して活動してる彩羽はまだ直面していない、己（おのれ）の才能を開花させて世に広めた結果、起こるかもしれない出来事の負の側面。

それに対して、何を思うのか。

パンケーキにメロメロで茶々良の意識が逸れているのを確認し、俺は彩羽にだけ聞こえるように、そっと耳元で囁（ささや）いた。

「心配すんな。たとえどんなトラブルに巻き込まれても、お前は無視して走り続けてればいい。面倒事は全部、俺に押しつけておけ」

「センパイ……」

「天才を支えるのが、俺みたいな凡人の役割なんだから」

「……プロデューサーとして、です？」

「そうだ」

「…………………」

「……。あとまあ、今日の友坂みたいに。お前が落ち込んでたとしたら、助けてやりたくなるに、決まってる」

「……ッ！　ふ、ふーん。イイ心掛けですね、センパイ」

珍しく顔を赤くして、上ずった声。

しかし彩羽は、パンパン、と頰を自分でひっぱたき、にいっと悪戯っぽい笑みを取り戻した。

「なるほどなるほど。つまりスキャンダルし放題ってことですね☆」

「し放題とまでは言ってねえよ。節度を守れ、アホ」

「速報！　プロデューサーとの熱愛発覚！　新進気鋭の売れっ子がまさかの結婚⁉」

「トラブルの中心に俺を巻き込むな！　その騒動で俺がお前を守ろうとしたら、火に油どころか油田に火を投げることになるじゃねえか！」

「え、じゃあ、そのときは守ってくれないんです？」

「……いや。守る……けどさ……」

「ほほーん。つまり熱愛発覚って前提は受け入れる……彩羽ちゃんとスキャンダルする意思がある、ということですね⁉」

「そうはならんだろ。……つーか絡むな、友坂にバレる」

「むふふー。しょーがないなぁ。今回はこの辺で許してあげます」

さんざん好き放題ウザ絡んでおいて、満足したらあっさり体を離すんだから気楽なもんだ。

一瞬だけ照れた反応が見えた気がしたんだが、すぐにいつものテンションに戻ってたから、たぶん気のせいだったんだろうな。

…………。

いまのやり取り、茶々良にバレてないよな？

すっかり目を離してたし、わりと大きな声が出てた気がするけど。

と、恐々と茶々良を見る。

「んむふーっ♪　見た目カワイイのに味まで最高ぉ、ハマるんだけどぉ♪」

まだとろけていた。

ゲームだと、餌を与えたあと一定時間行動不能で殴り放題になるタイプのモンスターだ。

……しかしまあ、彩羽の不安を踏まえた上で、あらためて彩羽と茶々良の関係を見てみると、本当に繋がってよかったふたりだ、と思える。

有名人になったら降りかかる問題のほとんどを、茶々良は先に体験していてくれる。

将来、彩羽の良い相談相手にもなりそうだ。

……それに、俺にとっても。

人の振り見て我が振り直せ。茶々良の問題は《5階同盟》にとっても、けっして対岸の火事なんかじゃない。

たまたま茶々良本人のファンに嫌われずに済む案件だったから事なきを得たが、もし本当のやらかしをしてしまったら、クリエイターもコンテンツも一瞬で信用を失う。一般ユーザーとの対話、コミュニケーションは大事だ。

それは『黒山羊』でも例外じゃない。しかも厄介なことに、必ずしも発したメッセージが、そのまま伝わるとも限らないのだ。

紫式部(むらさきしきぶ)先生の副業の都合でイラストの追加はできません、妥協したコンテンツでお茶を濁します――そんな誤ったメッセージが、運営の意思とは関係なく届いてしまうことだってあり得る。

運営の都合など、ユーザーには無関係。事情を汲み取ってやる義理など皆無なんだから。

紫式部先生がやってくれることになって本当によかった。

教師との兼業が大変なのは重々承知しているが、せめてハニプレの新しい一員として胸を張れる必要最低限の数字――３００万ＤＬを突破するまでは、踏ん張ってほしいところだ。

「ごっそーさんっしたー！」

「ごちそうさまでーっす☆」

考え事をしてるうちにあっという間に時間は過ぎ、茶々良と彩羽は完食した皿に、カチャンとフォークを置く音を響かせた。

「やー、今日は心配かけてホントごめん！　大星先輩と彩羽には迷惑かけたし、ここはアタシが奢るよ」

「あざーっす！」

立ち直った茶々良の申し出に、彩羽が秒で即答した。

傍若無人の茶々良とはいえ、さすがに今回の件は滅入っていたんだろう。珍しく殊勝な提案をしてきた。

「お前の気持ちもわかるが、気にしなくていいぞ。後輩に払わせるのも悪いし」

「《5階同盟》の経費で払えるし。」

と、そっちは言わないでおいた。

「ナメんなし。アタシ、フツーのJKより金持ちだし。こんくらいの支払い、よゆーだっての」

「や、確かに人気ピンスタグラマーなら余裕かもしれんが。そういう問題じゃ――……」

「あー、はいはいはい。お説教とかいらねーし。店員さーん！」

頑なに払おうとする俺を片手で制して、茶々良は店員を呼びつける。

テーブル会計だ。

お洒落なお店で、奢り。最先端をひた走る大人気ピンスタグラマーの彼女がそれをやると、かなり絵になっていた。

芸能界の先輩的なオーラを全身にまとっているようにさえ見えた。

「伝票、お持ちしました。金額、コチラでございます」

「ありがとー。さーて、いくらか……な……ッ⁉」

「ん？　どうした、友坂」

伝票の金額を確かめながらカバンの中に手を入れ、まさぐっていた茶々良が、突然、ビクッと背筋を震わせて停止した。

ガサ……ゴソ……。

右へ左へ。カバンの中で手を動かし。

ぐうる、ぐうる。

右回転、左回転、カバンの中で渦を巻き。

バサバサバサバサ！

突然、カバンを逆さにして、中身をテーブルの上にぶちまけ始めた。

女子の持ち物はやたらと多いというのが定説だが、御多分に漏れず、よくわからん中身が、つぎつぎとテーブルを埋め尽くしていった。……あっ。あれは化粧品セットだ。女磨きを教育されたおかげで、わかるようになってしまったのは、良いことなのか、悪いことなのか。

で、茶々良は自分の持ち物を端から端までじっくり眺めて――……。

みるみるうちに、顔色が真っ青(まさお)に。

目には涙が浮かんでいく。

「財布、お家に忘れたぁ……」

「友坂……お前って奴は……」

結局、その場は俺が全額、立て替えることになり、茶々良は、頭を何度も下げまくり、必死で謝っていた。

……あ、芸能界の先輩的なオーラって部分、脳内編集でカットしてくれ。

撤回するんで。

＊

『最近はネット上の誹謗中傷に対して、法的措置を取るハードルも下がってるみたいだね』

『オズが笑顔でその手の知識を語ると、アンチ君にオーバーキルしそうで怖いんだが』

『しないよ。……アキや《5階同盟》を標的にしない限りは、ね？』

『あ、そのときは遠慮なく殺っていいぞ』

Tomodachi no imouto ga
ore nidake uzai

友達の妹が
俺にだけ
ウザい

第7話 ●●●●● 学校の先生に俺だけが反省

ヴヴヴヴ――……。

と、枕元に置いたスマホが震えた瞬間に、俺はパッと目を覚ました。

ベッドの中、布団をどかして顔の横に手をやって、スマホの画面をタップする。

目覚まし機能、停止。

いつもと同じ時間、同じような起床。きわめて安定した効率的な生活ルーチンを、今日も実践できそうだ。

最近は母親の目があるせいか、彩羽もあまり突撃してこない。

べつに彩羽のことを嫌ってるわけではないが、早朝に絡まれると無駄に体力を消耗するので、それは素直に助かる。

「さて、と」

ベッドから起き出して、就寝中に凝り固まった体を軽くストレッチ。

俺はいつものようにＰＣの電源を入れてから寝室を出て洗面所へ。

手洗い、うがい、顔を洗って、スキンケア。

スキンケアは、ミスコンのために始めた日課だが、文化祭が終わってからもなんとなく毎日続けていた。美容に興味あるかと言われればまったくないんだが、肌を健康にしておくと仕事も捗る気がするんだよな。

……精神論だけど。

制服にも着替えて、朝食のゼリーを食べながらPCの前へ。

最新の『黒山羊』のプレイ状況や諸々の数値の動きを観察し、トラブルなく順調に稼働してることを確認してからメールチェック。

「あ、来てる。……さすが紫式部先生。本気を出すと早いんだよなぁ」

イラストの添付されたメールが届いていた。

先週発注した、初期の人気キャラの新規イベント用のイラストだ。

原点回帰。昔から支えてくれてるファンにとって思い出深いキャラの新たな魅力を打ち出し、初期はプレイしていたけど推しキャラの出番が減ったからしばらく離れていた、というタイプの休眠ユーザーを呼び戻す。

それに合わせてSNSのフォローキャンペーンを打ち、トレンド入りさせて盛り上げ、新規のユーザーをも獲得する……と、紫式部先生の絵のおかげでできることが一気に増え、新しい発想がつぎつぎと浮かんだ。

さて、そのイラストの出来栄えは……おお、さすがすぎる。

初期メンバーをただ描くだけでなく、一年前にはなかった色使い、アートのトレンドを反映し、時代に調和させている。

茶々良(ささら)炎上の日から経過することおよそ一週間、企画が形になっていく確かな実感があった。

「最高のイラストありがとうございます……っと」

メールで感謝と納品完了の報せ(しら)を送ると、俺はＰＣの電源を落とした。

歯みがきなど残りの身支度を整えて、学校へ。

今日もまた目標に向けて、平穏で効率的な一日を過ごすのだ。

という俺の想い(おも)は、登校してすぐに打ち砕かれた。

「えー、本日は影石(かげいし)先生がお休みですので、副担任の私がホームルームを担当します。えーと、号令の人、挨拶(あいさつ)を、あー、いつもの感じで、お願いします」

今年になってほとんど見たことがない副担任の若い女性教諭があきらかに不慣れな雰囲気で教壇に立っている。いまここにいること自体が寝耳に水だというような、困惑と不安の混じった表情で、精一杯に生徒たちをまとめようとしていた。

にわかに教室内がざわめく。

おかしい。

それは俺だけじゃなくて、《猛毒の女王》の教育を受けてきた生徒たち誰(だれ)もが感じるところだった。

教師の病欠は一般的には珍しいことじゃない。

だが、こと影石菫（すみれ）という女教師に関しては話が別だ。他人に厳しく、自分にも厳しい――ゆえに徹底した体調管理をしており、体調不良になることなどない。と、少なくとも教師の菫はそういうふうに認識されていたし、実際、病欠なんてほぼしていなかった。

蓋（ふた）を開ければ単に生命力が強いだけで、生活自体はボロボロだったんだが……ともあれ健康そのもので皆勤賞だった担任教師が突然の欠席となれば、異常事態を想像せずにはいられない。

そんな、そわそわした空気の中で行われたホームルームが終わったあと。

「大星（おおぼし）君。ちょっといいかな」

と、副担任の女性が声をかけてきた。

「はい、何でしょう?」

「ここだとアレだから、ちょっと職員室のほうで」

「……はい」

菫の話だ、と直感した。

生徒たちの目を避けながら教室を出て、俺は副担任の女性に連れられて、職員室の近くへと歩いていった。

周りに生徒の姿がほとんどないことを確認し、彼女は深刻そうに声を潜めた。

「大星君。確か影石先生と同じマンションに住んでたよね？」

「あ、ご存知なんですね」

「ええ。以前、影石先生がそんなことを言ってたから」

「特に深い交流があるわけじゃないんですが、そうですね。ご近所さんと認識しています」

あまり《５階同盟》に繋がる情報を学校関係者に伝えるわけにもいかず、当たり障りのない言い方をした。

するると副担任の女性は、なら知らないかな……、と前置きしつつ訊いてくる。

「さっきは体調不良って説明したけど、実は違ってね」

「違う？」

「そう。生徒たちを心配させないように、わかりやすい理由で説明しようって職員会議で決まったから、その通りにしたんだけど。実は……あっ、大星君も、このことは」

「もちろん教室で言いふらしたりしませんよ。言うような相手もいませんし」

噂話が好きそうな連中にとっては空気みたいな男だしな、俺。

そんな悲しい真実が隠れていることなど知らず、副担任の女性はホッと胸を撫で下ろして。

「実はね、影石先生……連絡が取れないの」

「連絡が？」

「職員室に姿が見えなくて、電話してみたんだけど出る様子もなくて……あんな真面目な人が無断欠勤なんて、何かトラブルに巻き込まれたんじゃないかってみんな心配してるの。大星君、ご近所さんなら事情を知ってたりしないかな」

「……ッ！　……いえ、何も」

咄嗟にスマホを取り出したい気持ちをグッと抑えて首を振る。

「そう……。ごめんなさいね、心配させるようなこと教えちゃって」

「いえ、当然のことだと思います。……では、俺はこれで」

頭を下げて、早足でその場を立ち去る。

廊下の角を曲がった瞬間、スマホを取り出した。

指がふるえる。

汗が噴き出す。

目の前がチカチカと赤く点滅して、肺の中で空気が暴れているかのように息苦しくなっていく。

何度も文字を打ち間違えながら紫式部先生にＬＩＭＥメッセージを送る。

既読は、つかない。

電話をかけてみる。

コール音が聞こえる。

一秒、二秒……十秒……ずっと。

コール音は鳴りっぱなしのまま、止む気配がない。

「うそ……だろ……⁉」

心臓が嫌な音を立てて騒ぎ始める。

最後に紫式部先生の消息が確認できたのは、今朝届いたイラスト納品メールが一通。

その着信時間は、深夜3時ごろ。

脳裏を過ぎるのは、最悪のイメージ。疲れきったクリエイターが、誰の声も届かぬひとりの部屋で、静かに事切れている姿。

「くそっ……！」

俺は走り出していた。俺のスマホケースは、キーホルダーを兼ねている。家の鍵はある。

自分の部屋の鍵だけじゃない。《5階同盟》の仲間同士、ご近所さん同士。いざというときのために交換していた合鍵も、ある。

それはまさに、こういう場合を想定してのことだった。

「あれ、大星君？　もうすぐ授業始まるよっ」

昇降口に駆け込みあわてて靴を履こうとする俺を、呼び止める声があった。

いつも俺の動向を気にする奴なんかいないのに、どうしてこんなときに呼んだりするんだっ。

と、理不尽な不満を抱きつつ振り返ると、そこにいたのは影石翠だった。

「や、えっと、早退することになったんだよ」

「カバンも持たずに？」

「う……」

痛いところを突きやがる。

優等生オブ優等生。委員長オブ委員長。片手を腰に当て、指を立て、お説教スタイルで翠は言う。

「もしかして一限目の授業をサボろうとしてるの？　ダメだよ、そんなの」

「そういうわけじゃない」

「じゃあどういうわけなの？」

「それは……」

説明は、しにくい。

姉に何かがあったかもしれないと知ったら、翠は取り乱してしまうだろう。

どこまで深刻な事態になっているかはわからないが、まずは状況を正確に把握して、状況が確定してから翠には伝えたほうがいい。

「とにかく、急いでるんだ。ここでもたもたしてたら、取り返しがつかないことになるかもしれないんだよっ」

「大星君……そ、そんな勢いでまくし立てても、ルールはルールで……」

駄目だ、論理で説明しても翠は引かない。

この頑固な委員長を黙らせる方法はただひとつ——とにかく、ゴリ押す!

「翠ッ!」

「ひゃい⁉」

部長、をつける心の余裕など、一刻を争う俺にはなかった。

彼女の肩を強くつかんで、まっすぐに、真剣に、ありったけの本気を込めた目で、彼女の目を見て。

「お前のためでもあるんだ。頼む……行かせてくれ!」

「わ、私の……ため? え、ええっ? ちょっと、意味わかんな……か、顔が、近っ……」

翠からしてみたら何がなんだかワケがわからないだろう。

だけど俺にできるのは、ただただ真剣に想いを伝えることのみ。

「頼む。何も見なかったことにして、俺を行かせてくれ」

「は、はい……わかりました」

訴えが伝わったのか、肩から力を抜いて、翠はこくんとうなずいた。

なんで敬語だ? と気にしてる余裕はない。

「ありがとう、翠部長」

俺はそう言い残して踵(きびす)を返し、昇降口を飛び出した。

＊

徒歩で帰る時間など待っていられず、途中でタクシーを拾ってマンションへ急いだ。

交通費をケチってる場合じゃない。

いまは、一分でも、一秒でも早く、菫のもとへ行かなければ。

突然、制服姿で駆け込んできた俺に運転手は驚いていたが、ただごとじゃない様子を察してくれたのか、何も訊かずに乗せてくれた。

マンションの前に到着するとスマホの電子決済で手早く支払いを済ませ、エントランスに駆け込み、エレベーターの待ち時間さえじれったく。くそ、急げ、早くしろ、と無駄な言葉を吐き出し続け、普段の何倍も遠く感じる五階を目指し——……。

そして、菫の部屋——五〇四号室を、合鍵を使って開錠し、駆け込んだ。

「菫先生ッ！」

玄関……いない。

洗面所……いない。

キッチン……いない。

リビング……いない。

だったら、寝室…………………………いた！

「菫先生！　生きてますか⁉」

女性のプライベート空間、なんて悠長なことは言ってられない。

たとえ鍵がかかってても蹴破るつもりで、勢いよくドアを開いて突入する。

すると、そこには、ベッドの上で倒れたまま、ピクリとも動かない人間が、ひとり。

いや。いま、すこしだけ、指先が動いた。

「ぁー……その声、アキ……あだ、たた……ぅぅ～……」

「どうした⁉　痛むのか⁉」

「～～～……ち、ちょっと、だいぶ……ね……」

顔を歪めて本気でつらそうだ。

ベッドに駆け寄り体を支えると、微かに呼吸が荒く、汗もかいている。

「失礼します。熱……があるわけじゃなさそうですね」

額に手を当てるが、ひんやりしている。

汗も、呼吸の荒さも、気管支にダメージを受けている感じではなく、何らかの痛みを耐えた結果のように見えた。

「アキ……学校は、どしたの？」

「学校どころじゃないですよ。菫先生が無断欠勤したって聞いて」

「あぁ……ごめん、ね。心配かけて……朝起きたら、何か、痛くて、動けなくなっちゃって。スマホも、デスクで充電してたから、連絡できなくて」

振り返ると、菫の作業用のデスクが目に入る。絵を描くのに必要な機材が一式揃(そろ)っていて、コンセントのひとつから伸びたコードがスマホに繋がっていた。

「病院に行きましょう。救急車を呼びます」

「あ、たぶんそれは大丈夫」

「大丈夫なわけないでしょう。正体不明の痛みで動けないとか、異常事態ですって」

「や、原因はわかってるのよ、なんとなく。あだっ、だだだ……！」

スマホを取り出し電話をかけようとする俺を止めようと体を起こした途端、苦痛に襲われたらしい菫がふたたびベッドに沈んだ。

どう見ても大丈夫じゃないのでさっさと病院に連れて行きたいが、だとしても心当たりは知っておいたほうがいいだろうと俺は問いかける。

「原因っていうのは？」

「腰痛、的な」

「……………。あー……」

納得の声が出た。

「内臓がアウトな感じの痛みじゃないのは自分でわかってて、で、こう腰がね。ぎっくりのね、一歩手前か、ライン越えてるかのどっちかって、感じなのよね」

「うつ伏せになれますか？」

「う、うん。それくらいなら」

　腰を押さえてつらそうにしながら、ベッドの上でごろりと転がる。

だらしなく着たパジャマの裾がちらりとめくれ、素肌の背中が覗けてしまう。

……状況的にそれどころじゃなくていままで気づかなかったけど、いまかなり無防備な格好なんだよな、この人。

……あー、こら、やめろこの馬鹿、大星明照。

いくら思春期の男子だからって、弱ってる女性に対して一瞬でもそんな発想を持つのは最低すぎるだろ。大丈夫、煩悩はない。捨てろ。消せ。はい、消えた。

「背中と腰、触りますね」

「え、ええ……や、優しくしてね？」

「しおらしく言うのやめてください」

　普段のノリなら何も意識しなくて済むのに、あらためて健気な声音で言われたら、変な文脈が生まれちまうだろうが。

　目を瞑って精神統一。邪念を祓って、指先の感覚に集中する。

　背中と腰に指を当て、ほんのすこし押し込んでみる。

「あだーっ⁉　だだだだ⁉」

「硬ッ！　なんだこれ……鉄板か？　鋼か？」

「ちょ、アキ、優しくしてって、言ったのにいいいいい」

「冗談じゃなくガチで最低限の力しか入ってなかったぞ」

たまごも割れないレベルの指圧でこの反応。そして恐ろしく硬い感触。

間違いない。

凝り固まった筋肉と歪んだ骨格が神経を圧迫し、菫に、身動きが取れないレベルの激痛を与えているのだ。

「これはかなり行っちゃってますね。俺でも応急処置はできますけど、痛みがやわらいだら、病院にも行きましょう」

「ぴょ、病院……そ、それはやめときましょ……？」

「いい大人が病院を怖がらないでください」

「だって怖いじゃない！　もし手術が失敗したら一発で……ガクガクブルブル」

「いやたぶんこれは手術にはならないんで。仮になったとしても、そこまで失敗リスクの高い手術にはならないですって。……たぶん」

「たぶんって言ったーっ！」

「数学の教師なんだから確率で考えてくださいよ。そうそう失敗しませんて」

「成功するか、失敗するかの50%でしょおおおう⁉︎」

「セリフが完全に文系のそれなんですが、あんた本当に数学教師なんですか」

ツッコミ入れて、ため息ひとつ。

まあここまで元気に病院を嫌がれるなら、ひとまず心配しなくてもよさそうだ。

学校で菫と音信不通と聞いたときは、そのまま最悪の結末を迎えている可能性さえ想像していただけに、あまりにもいつも通りな彼女の態度は微笑ましくすら感じた。

「ほら、観念して応急処置されてください」

「うー……」

不服そうだが抵抗の言葉は消えた。

受け入れる心構えができたってことだろう。そうそう、最初から素直に俺の言う通りにしていればいいんだ。

「じゃあ、始めますよ。ゆっくり入れるんで、痛かったら言ってくださいね」

「はい……」

「まずは先端だけをすこし沈める感じで……」

「んぁっ」

「これだけでも痛いですか？」

「……すこし」

「なるほど。じゃあまずは緊張をほぐすところから、か」

整体の技術書曰く、筋肉の状態は精神状態の影響も受けるという。

教員仕事とイラストのダブルワーク、その両方を完璧なクオリティでこなそうと娯楽を断ち、気を張り続けたことが、背中から腰にかけてを盛大に壊す引き鉄になってしまった可能性は高い。

いまの菫の背中と腰はあまりに硬く、回復に効くツボまで指が入らないし、骨盤の位置もいまいち調整しにくい。

手のひらで円を描くようにして、優しく、優しく、背中と腰の筋肉をほぐしていく。

「あっ、んっ……これ、気持ちいい……♪」

「ならよかったです。だんだんこれを痛気持ちいい、ぐらいに強くしていって、ガチガチになってる骨や筋肉を剝がしていきますね」

「んっ、あはぁ……キクぅ♪」

「なまめかしい声を出さないでもらっていいですか」

「ええ、なによう。マッサージしてくれてるお礼に、美女の喘ぎを聞かせてあげてるんだから、堪能すればいいじゃなぁい」

「余裕そうなんで強くしますね」

「おほぅぁっ⁉　あだだだ！　もうすこし優しくぅ！」

ぐっ
ぐっ

「はあ……まったく。あんま『美女』を出さんでください。こっちは考えないようにしてるんですから」

「あはは、ごめんごめん。動けなくてマジヤバい～って思ってたときにアキが来たからさー。アタシもつい『ヒーロー』感じちゃって」

大それた表現に自分でも可笑しかったのか、クスッと笑う菫。

そんなふうに軽口がたたけるぐらいが適切な力加減だろう、と、様子を観察しながら、俺は丁寧に丁寧にマッサージを続けた。

菫もだんだんと俺に身を委ね、あきらかに緊張がほどけてきて、口数が減ってきた。

沈黙は脳に思考を生む。

当然、いま俺が考えることは、紫式部先生のこと。いや――……。

い、い、い、い、い、

影石菫先生のこと。

「本当に申し訳ない。これは、俺の責任だ」

マッサージの手を止めず、俺はこみ上げた感情のままに謝罪した。

菫が苦笑する。

「もぉ、何言ってるのよ。アキが悪いことなんて何ひとつないわ」

「先生の忙しさが限界を超えてるのは察してたんだ。それなのに仕事を振る選択をしちまった……あきらかにマネジメントの失敗だ」

「アタシが自分で出来るって言ったんだもの。自業自得よ」

「正直、助かった、と思った。紫式部先生が新しいイラストを描いてくれるなら、３００万DLなんてすぐに達成できる。……そう思って、あんたが無理してることに気づいてるくせに甘えちまったんだ……」

最低だ、と思う。リーダーなら強権を発動してでも菫を休ませるべきだったのに。

もっと俺に能力があれば。

イラストに頼らずともファンを拡大できるアイデアさえ生み出せれば。

仲間を倒れさせずに済んだのに。

「それは違うわ」

「何も違わないですよ。俺の都合で、あんたの無理に目を瞑ったせいで、こうなったんです。だから――」

「だからそれが間違いなんだってば。『黒山羊』の成功はアキの都合じゃない。《５階同盟》の都合。つまりアタシの都合でもあるでしょ」

「それは、そうですけど」

理屈はわかる。

菫が、俺が自分を責めないようにと気を遣ってくれてるのもわかる。

だけど違うんだ。問題の本質はそこじゃない。

《5階同盟》のことを自分事として考えてくれる仲間だからこそ、その善意は、時に止まり所を見失って、限界を突破してしまうんだ。

やりがい搾取、って言葉をニュースで見たことがある。当事者でない人間としてあの話題を見てたときは、へえ酷い会社があるもんだと他人事で捉えていた。そんな悪意まみれの会社に捕まってしまったクリエイターは災難だ。自分の仲間たちはそんな目には遭わせまいと、そう思っていた。

でも違う。いまこの瞬間、あの『やりがい搾取』という言葉の本当の意味を理解してしまった。

本人のやりたいという気持ちを無限に許すこと。

善悪、じゃない。

やりたいことをやれていれば幸せで、その幸せを感じるためにクリエイターは活動し続ける。マネジメントサイドも、通常業務の範囲を超えた過剰な貢献により利益を得られるため損がなく、互いに幸せだからとそれを許す。

その歯車が永久に噛み合ったまま、故障することなく回り続ければ美談。故障し、致命的な破綻を迎えれば、『やりがい搾取』の烙印を捺されてバッシングの対象となる。

たぶん、そういうことなんだろう。

「本当に……すみません。紫式部先生」

「アキ……」

繰り返した謝罪は彼女にどう伝わったのだろうか。

あらためて確認するのも怖くて、俺は、そこからはただ黙々と応急処置を施すことに専念した。

＊

《真白》ごめん、アキ……

《ＡＫＩ》突然どうした？

《真白》真白、菫先生に、よけいなこと言っちゃった

《ＡＫＩ》よけいなこと？

《真白》ＡＫＩが３００万ＤＬを急いでることとか

《真白》紫式部先生のイラストにこだわって、大切にしてることとか

《真白》真白があんなこと言ったから、先生、無理して……本当に、ごめんなさい……

《ＡＫＩ》いや、違う。真白の責任なんかじゃない。全部、俺の責任だよ

《ＡＫＩ》幸い大事にも至らなかったんだ。お前は、何も気にしなくていい

深夜。０時を回った頃。

ベランダで夜風に当たりながら、俺は真白への返信を終えてスマホの電源を切った。

結局、応急処置を終えたあと、菫を支えながら病院に連れていき、診察してもらったのだが、特に手術や入院の必要もなく、鎮痛剤その他の処方としばらく仕事も休んで安静にしているようにとの指導だけを受けて帰宅となった。

いまごろ自分の部屋でぐっすり眠っていることだろう。

「……やらかした……ホント、やらかした……」

欄干にのせた腕に顔をうずめ、ごく小さな声で言う。

大きな問題に発展しなかったのは不幸中の幸いに過ぎない。今回の俺の意思決定は、最悪の場合、取り返しのつかない結果を招いていた。

いくら菫が許そうとも俺自身が自分を許せない――いや、許してはいけない、と思う。

そんなふうに自己嫌悪に陥っていると、隣の部屋から、ガラガラと窓を開ける音がした。

隣のベランダに人の立つ気配があり、聞こえてきたのは予想通りのウザい声。

「お悩みですか、センパイ♪」

「彩羽か。……なんで俺がここにいるってわかったんだ？」

「お隣さんがベランダに出る気配って、案外察せたりするモンですよ」

「なるほど。にしても珍しいな、ベランダ越しなんて」

いつもなら秘密の穴……ならぬ、事故で破ってしまった防火扉を通って、こっちのベランダまで来るのに。穴を隠してる荷物は置かれたままで、彩羽がこっちに来る様子はない。

「ふっふっふ。彩羽ちゃんだと思いました？ ……残念☆」

「は？ 何言ってんだ。どっからどう聞いても彩羽だろ」

「いいえ、母です」

「⁉」

ベランダの仕切りの向こう側から、ひょっこりと身を乗り出して顔を見せたのは、俺にだけウザい後輩女子……ではなく、その子とよく似た顔立ちの、しかし圧倒的な人妻オーラを覗かせた大人の女性。

友達の母親、小日向乙羽（こひなたおとは）だった。

「乙羽さん⁉ え、いや、でも、いまの声……」

「母娘ですからねー。テンションを合わせたら、近い声質になるんだと思いますよー。本物の彩羽なら、いまはお風呂（ふろ）です」

「お風呂……」

「あっ、いま想像しました？ あらあら。わたしの最愛の娘で、どんな想像をしちゃったんですかー？」

「し、してません」

なんだこの人、口調がおっとりなだけで、絡み方はほとんど彩羽だ。

母娘だからってそんな部分まで似るものなのか？

というか、タイミングが悪すぎる。

いまは彩羽の高いテンションで来られても乗れる気分じゃないし、ましてや乙羽さんのウザ絡みを冷静に受け流せるような余裕もない。

俺自身の冷静じゃない心が妙な反応を返さないうちにさっさとこの場を離れなければ。

「あの、俺、部屋に戻りますね。おやすみなさい」

「あらあら。逃げなくてもいいじゃないですかー。あなたも、少数精鋭の天才に頼るシステムの脆弱性(ぜいじゃくせい)に、ようやく気づいたところなのでしょう？」

「……！」

踵を返そうとしていた体が止まった。

止まってしまった。

「子どもたちから聞きました。影石先生が過労で、体を傷めてしまった……と」

「乙羽さんには——天地(あまち)社長には、関係ないことでは？」

「そう邪険にしないでくださいなー。明照君は私のことを嫌いかもしれませんが、これでも、先輩経営者として、本気であなたのためになるアドバイスをしているつもりなんですよ」

「…………」

「いまからでも遅くありません。他のイラストレーターを増やして、安定した運営体制を構築すべきです。ひとりの天才を神格化せず、依存せず、決められた必要な仕事に、必要最低限の人材を当てはめていく……それでいいじゃありませんか」

「そんなの。そんな工場みたいなっ。その人にしか作れないものがあるはずで、ただその位置に人を入れれば成立するわけじゃ――」

「いけませんかー？　工場上等。立派だと思いますよー？　クリエイティブな仕事に変な夢を見ているから違和感を覚えるだけ。ごく一般的な仕事と何が違うのでしょう？」

「センスとか、感性とか、積み上げてきた技術とか……ッ」

「それらに依存した結果が、いま。なのではないですか？」

「……それ、は……」

返す言葉は、ない。あるわけがない。

夜にも映える白い指でそっと欄干を撫でて、乙羽さんは、いつも細く閉ざされている目を、ほんのすこし開いて。

「『天才』という単語は毒の果実。甘くて美味しくて、とても輝いて見えるけれど。食べてしまえば体の中は、気づかぬうちに蝕まれていく。あなたはまだ若いから、その毒に酔っているだけ」

その声は冷たく、そこに善意などなく。されど悪意も含まれず。

ただあるがままの事実を彼女の口は紡(つむ)いでいく。

「ひとりの天才がワガママ言えば企画がひっくり返り、体を壊せばすべてが止まる。……それは本当に正しいのかしら？」

「……。天地社長は、それで、クリエイターの才能を軽視した経営を？」

「軽視したつもりはありませんよー。ただ、自分を唯一無二の才能ある人間と勘違いし、凡人を軽視する人間を排除しただけ。……と、そう聞けば明照君の印象も変わるかしらー？」

「…………」

肯定も、否定もできない。

自分の背骨が揺らいでいるのが、わかる。心の骨盤が、ずれている。

何が正しくて何が正しくないのか、胸を張って己(おのれ)の意見を持つための根拠が、何もない。

「百の凡人の力は、一の天才を凌駕する——少なくとも私はそう信じて、その芯(しん)をぶらさぬ意思決定を続けてきたつもりでしてー。あなたもいつか、それを理解せざるを得ない日がくる、と。私はそう思っていましたー」

おっとりと優しげな声音は聖母のそれ。セリフの内容も慈愛に満ちている。

なるほど確かに俺は、天地乙羽という人間を誤解していたかもしれない。

クリエイターの才能を軽視する考え方、俺は絶対に理解したくないと思っていた考え方……

それは、長期的に、安定して、客を喜ばせる――チームやコンテンツを運営していくためには正しい考え方なんだろう。

俺が、間違っていた。だから今回、紫式部先生を危険に晒してしまった。

最初から天地堂のようにしていれば。

天地乙羽と同じ方針で運営しておけば、いざ問題が起きたときになって慌てて対策を練らずとも済んだのに。

俺って奴は……なんて非効率的なやり方をしていたんだろう。

…………。

…………。

やり方、変えるか……。

…………。

…………。

……いや、違う。

走り出していた俺の思考が、ふと立ち止まった。心臓の端っこに何かが引っかかっている。

言い知れぬ気持ち悪さがある。

理屈じゃない。直感だ。あるいは、感情だ。

『私の勝ちですね、セーンパイ☆』

彩羽の声で、天地社長がそう言ったかのような妄想が浮かぶ。実際は彼女は何もしゃべっていないが、さっきの声真似の影響か、空想上の勝利の笑みがやたらと現実味を伴っていた。

そして彩羽の顔を思い出し、最初の感情を思い出す。

そうだよ。違う。経営者としての在り方とか、そういうのじゃない。

俺が天地乙羽という人間に賛同できない、最も大きな理由は――……。

「彩羽」

「……？　うちの娘が、どうかしましたか？」

「彩羽にその価値観を植えつけようとしてるのも、あなたの優しさなんですか？」

「…………」

肯定も、否定もできなくなったのは、今度は乙羽さんのほうだった。

この沈黙の意味が俺にはなんとなくわかった。

信念は違えど、論理で、効率的に物事を運ぼうとする性質は同じ者同士。

きっといまのは、彼女にとって不都合な反撃で、頭の中でそれに対抗するためのロジックを高速で組み立てているはずだ。

すこし経ち、乙羽さんは、クスリと微笑んだ。

「なるほど、そこを突きますかー」

「あらゆるエンタメに触れることを彩羽は禁じられてる。経営者としての哲学がどうであれ、ひとりの女の子の自由な選択を制限することが正当化されるとは思えません」

「それこそ、明照君には関係のないことじゃないかしらー？」

「関係は――」

ある、と言いかけた声を、ギリギリ止める。

よく頑張った、俺。

ここで、ある、と答えたら、彩羽の声優活動にたどり着いてしまう恐れがある。

察しの良さそうな乙羽さんにはすでにバレているかもしれないが、見破られているのと決定的な証拠を押さえられるのとでは雲泥の差。推定無罪の原則に守られたこの国では、確定させないことが一番大事なんだから。

「……！」

「……ッ」

そのとき、カタン……と、ほんのわずかな物音が反対側のベランダから聞こえた気がして、俺と乙羽さんはほぼ同時に、そちらにハッと目をやった。

その方向にあるのは真白の家。いまは真白と海月さんがいる部屋のベランダだ。

もしかして誰かいるのか？　と思い、おそるおそる様子をうかがうが……誰かが声をかけてくる気配も、息遣いのようなものも聞こえてこない。

そういえば気づけば秋の冷たい風が、さっきから強く吹きつけていた。

風が音を立てただけ……か。

「フフ。壁に耳あり障子に目あり。おしゃべりはほどほどに、という神様のおぼし召しですかねー」

「……かもしれませんね」

「明照君。私の言ったことの意味、よぉく考えることをオススメしますよー」

そんな言葉を残して乙羽さんは顔を引っ込めた。ガラガラと窓を開けて部屋の中に入っていく音が続く。

奇妙な圧を放つ乙羽さんの姿が見えなくなると途端に肩から力が抜けて、はぁ、とため息をついた。

「百の凡人の力は一の天才を凌駕する……か」

乙羽さんの残した言葉を繰り返す。

俺は、ここで選択しなければならない。

より上に行くために。

３００万ＤＬを超えて、ハニプレに《５階同盟》を押し込むために。

＊

『こんなところで屈して信念を曲げてしまうのは、主人公とは呼べないね』

『俺は主人公の資格なんてないさ。これが物語だとしたらオズや乙羽さんみたいな、一切ブレないカッコいい奴のほうがよっぽど向いてる』

『けどいまはアキの話をしてるんだ。主人公らしくない主人公としてアキが何をするかっていう、そういう話をね』

『わかってる。だけど俺にヒーローみたいな最高の逆転劇を期待されても困るんだ』

『大丈夫だよ、アキ。僕がアキに期待してるのはそんなモノじゃないから』

『……じゃあ何を期待してるんだ？』

『もちろん、アキらしい選択さ』

第8話・・・・ニセの恋人が俺にだけ悪女

ヴヴヴ――……。

と、枕元に置いたスマホが震えた瞬間に、俺はパッと目を覚ました。

顔の横に手をやって、スマホの画面をタップしようとする。

ふに。

……………………ん？

スマホの画面はもっと平面的でツルツルしてたはずだが、何だこのやわらかさは。

ヴヴヴ――……。

しかもスマホのバイブレーションは鳴り止む気配がない。目覚まし機能が停止してくれない。

いつもと同じ時間、同じような起床。きわめて安定した効率的な生活ルーチンを、今日も実践できるはずだったのに、初っ端からイレギュラーが発生してやがる。

「ん……んん⁉」

ゆっくりと目を開けると、何故か目の前に真白の顔があった。

ふにふにしていたのは、真白のほっぺただった。

……………………。

……はあ⁉

あまりにも予想外の光景が目に飛び込んできたショックで、俺は秒で飛び起きた。

なぜ寝起きの俺の目の前に真白がいるんだ？

ここは俺の部屋……だよな？

周囲を見渡すと、見慣れた壁に見慣れた天井、見慣れた作業デスク。

そして見慣れぬ真白の寝顔。

「何が起きた……？　昨夜、寝る前、俺はいったい、何を……⁉」

疑問符に蹂躙される脳味噌をフル活動して記憶を掘り起こす。俺は過ちを犯してしまったのか？　思い出せ。何があった？　イメージしろ。記憶の中の真白の姿。俺の部屋にやってきた真白が頬を赤らめ、ゆっくりと服を脱いでいき……いや違う、それは回想じゃなくて妄想だ。そんな事実はなかったはずだ。

「ん……ぅ……」

「……！　えっと。起きた、のか……？」

「アキ……こういうの、どう……きかく、おもしろ……すぅ、すぅ……」

「きかく……企画？」

親の声より聞いた単語。もっと親の声を聞けと言われるかもしれないが、誇張でも何でもなく、『黒山羊』を運営していく中で幾度となく使ってきた単語。

「あっ」

そこで気づく。

よく見たら俺が寝ていた場所は、いつもとはすこし違っていた。

いつもはベッドの上でしっかりと掛け布団をかけて眠るのだが、今日の俺は床に座りながらベッドに背中を預けて眠っていた。

真白も、床に正座した状態で、ベッドに突っ伏すように眠っている。

どう考えてもベッドの中で仲睦まじくイチャイチャして朝が訪れチュンチュンするタイプのイベントの後という雰囲気ではない。

それに、俺たちの周り、床に散らばっているコピー用紙の数々。

力尽きて眠っている真白の手には、ペンが握られたまま。

散らかった紙を一枚ずつ拾っていくと、そこには昨夜の俺と真白の深夜テンションの痕跡が、しっかりと記録されていた。

『人気キャラクターのバーチャルライバー化企画』

『総選挙人気投票』

『山羊頭の殺人鬼・カムロン、復刻イベント企画』

『スイーツフェスティバル様、コラボカフェ企画。～ようこそ暗黒の館へ～』

……エトセトラ、エトセトラ。

これらは、紫式部先生に新規の絵を描いてもらわなくても可能な、それでいて３００万DLを狙えそうな企画を必死でひねり出そうとした、俺たちの努力の結晶だった。

まあこの結晶はいずれも大小あるさまざまな問題が解決しきれず、ボツになってるんだけど。

昨夜の記憶を正確に思い出した。

昨日、乙羽さんとベランダで会話したあとすぐ、真白が我が家を訪ねてきた。

『アキ……おねがい。３００万DLを目指しての、企画作り。真白にも、手伝わせて……！』

ＬＩＭＥからも滲んでいた真白の罪悪感。

菫を結果的に焚きつけてしまったんじゃないかと自分を責め、何か行動せずにはいられなかったんだろう。

ここで無下に帰したら真白は罪の意識を払拭できない……それに俺も、なんだかんだで誰かと一緒にいたい気持ちだったんだ。紫式部先生を倒れさせてしまったという事実を抱えたまま、ひとりで作業に集中できそうになかったから。

メンタル弱すぎだろと笑いたければ笑えばいい。俺はその辺のフィクションの主人公たちと違って、超人のようにはできていないんだから。

とはいえ真白にまで無理をさせたら本末転倒、眠くなったらすぐに寝ることとルールを決めて、俺たちはふたりで体力の続く限り『黒山羊』の企画を考え続けたのだった。

ヴヴヴヴ――……。

「んっ……んー……ふぁむ……？」

アラームを切られることなくベッドの上で震え続けていたスマホに耳をくすぐられたのか、真白の目がゆっくりと開いていった。

「んー……アキ……？　おはよ……にゅむ……」

「ああ、おはよう」

「うん……今日も、いい天、気……。…………………………え？」

とろんと閉じかけた目が、数秒遅れて、バチン！　と勢いよく見開かれる。

そして弾かれたように飛び起きると、寝起きとは思えない機敏な動きで自分の服と顔と髪を順番に、素早く何度も触れていく。

「あわっ、わわ、寝起きっ……油断っ……なんで？　アキにこんなところ、むりっ……」

「べつに気にすることないぞ。変な寝言は言ってないし、寝相も良かった」

「ば、ばかっ。そういう問題じゃない」

「ならどういう問題なんだ？」

「は、恥ずかしいでしょ。寝癖ついてるし、お化粧とか、滅茶苦茶。不細工な寝顔かも……」

「普通に可愛い寝顔だったが」

「かわっ……」

真白の白い顔がみるみるうちに赤くなっていくのを見て、すぐにやらかしたことに気づいた俺はあわてて訂正した。

「あ、違う！」

「ち、違うの？　やっぱり真白の寝顔、不細工ってこと……？　なにそれ、最低っ」

「あああそれも違って。そういうことじゃなくて！」

不毛で泥沼な応酬だった。

不用意な発言ひとつで誤解を招いてしまうのだから、言葉のコミュニケーションってやつは本当に難しい。

自分に好意を持っているのだと知っている相手との会話は、特に。事情があるとはいえ関係を前に進めることができない相手に対し、褒めるニュアンスの言葉を迂闊（うかつ）に投げかけてしまうことの残酷さ、最低さは、まさに真白の父親である月ノ森（つきのもり）社長から反面教師的に学んでることだってのに。

とはいえ、いまみたいな会話の文脈で、そうだね、寝顔が不細工だったね、なんて言えるはずもなく。

正解のない選択肢を迫られてるような感覚にもなるのだが……まあ、それは言い訳。

異性との関係の経験値が足りず、会話の手札が貧弱すぎる俺の自己責任ってやつだ。

「む……むむ……」

「ま、真白。俺が悪かった。悪かったから、機嫌を直してくれ」

「真白、帰るっ」

「お、おう。帰ると言ってもすぐ隣だけどな？」

「揚げ足よくない。ばかーっ！」

そう叫んで真白は真っ赤な顔でうつむき、駆け出した。

すると寝室を出る直前にドアが勝手に開いて。

「センパイ！　昨日の今日で落ち込んでると思って、彩羽ちゃんが朝早くから慰めに来ちゃいま——うわぉ⁉」

勢いよくドアを開けた奴——小日向彩羽の脇をすり抜けて真白が横切り、ＪＲＰＧの元祖と呼ぶべき某シリーズのメタル系モンスターの如く駆け抜けていった。

すべてのテンションを一瞬で消し飛ばされた彩羽は、部屋の前で茫然と立ち尽くしていたが、やがてギギギ……と俺のほうを振り向いて、疑惑と疑念のこもった眼差しで。

「**もしかして、やりました？**」

「**神に誓ってやってません**」

……無宗教だけどな。

＊

「あー、それで昨夜は真白先輩と夜通し企画のアイデア出しを。なるほどですねー」

「そう。だから不埒な妄想はしないでもらっていいか」

「理由はどうあれ男と女、ふたりきりの密室で夜通し共同作業、そのまま寝落ち……って時点で不埒条件達成してると思うんですけどぉ」

　今日は土曜日。休日ということもあり、今朝の我が家の食卓にはゆるりとした時間が流れていた。

　朝食のゼリーと、今日は気分でバナナを食べる俺の前、同じくバナナを咥えながら彩羽は、むすっとしている。

　向かい合わせの座席位置を悪用し、テーブルの下でげしげしとすねを蹴ってきやがる。大した力でやられてるわけでもないので猫にじゃれつかれてる程度の感覚でしかないが、弱い刺激も繰り返されれば鬱陶しい。

「だいたいな、その程度で不埒扱いされるなら紫式部先生とはとっくにゴールインしてることになるぞ」

「徹夜で最後の仕上げをさせるとき、部屋に押しかけてつきっきりで見張ったりしてますもんね」

「そういうことだ。……まあ、そのやり方は、間違ってたんだろうけど……」

声のトーンが自然と落ちる。無理をさせた積み重ねの上に、今回みたいな事故が起きたのだ。

もはやそれを正当化することなんてできやしない。

「あー……センパイ、やっぱそれ気にしてるんですね」

「そりゃあな。クリエイターが不摂生で倒れがちって話は小耳に挟んだことがあるし。正直、音信不通の一報を聞いたときは心臓が止まるかと思った」

「《5階同盟》のみんな、いつ倒れてもおかしくない生活してますもんね。センパイは前からそこ気にして、健康にプラスな情報集めてましたけど」

「自分自身のためにやってたのを、ついでに仲間にも還元しただけだよ」

「体に良くて味もおいしいトマトジュースを探して仕入れたり、健康のツボを勉強したり……しかも自分で実践した上で勧めてくるから説得力オバケなんですよね」

「やってもないことをオススメなんてできないからな」

「そこまで気遣ってたら充分だと思いますけどねー。結果的に倒れちゃうこともあるかもしれないですけど」

それでも、と言いながらすねを蹴る足を止めて、俺の膝の上にちょこんと踵を乗せて。

「菫ちゃん先生、うれしかったんだと思いますよ」

「……うれしい？」

「センパイが、『黒山羊』は紫式部先生のイラストだけで行く、って決めたことです。だから自分も張り切ってイラスト描こう！　って頑張ったんだと思うんですよ」

「でもその結果に倒れた。それで良いとはさすがに言えない」

「じゃあ逆に菫ちゃん先生抜きでいろんなことをやったら、どうなると思います？」

「それは……。わからん。本人にしかわからないだろ、それは」

「わかるんだなぁ、それが」

ニヤリと笑って、彩羽は自分の顔を指さした。

「天才役者の小日向彩羽、役に入り込むため徹底的に菫ちゃん先生を感じ取りましたので！」

「いや、いくら人格をトレースしたって言っても、お前のフィルターは通してるだろ」

「バレたか！」

冷静なツッコミを入れてやると彩羽は即座に降参した。

俺は賢者よりは愚者側の人間だが、さすがにそんな無茶苦茶な理屈で言いくるめられるほどアホじゃない。

いかに彩羽が演技の天才といえども、彩羽自身の中にある特性や教養、感性に影響されて、微妙に歪（ゆが）んで出力されるものだ。演じる対象の人物との共通点が多ければ多いほど深く入り込みすぎて『抜く』のが大変になるのもそのせいだった。

「でも、完璧に把握するのは無理でも、かなり精度高いと思うんで正解を言いますね」

「……いちおう、聞かせてくれ」

紫式部先生のイラスト抜きで、３００万ＤＬに向けたいろいろな施策を打ち、成功に至ったら。

「置いて行かれた気がして寂しくなるんじゃないかなーって」

「寂しくなる？」

「もちろん理屈では理解してるんですよ。兼業っていう厳しい道を選んだのは自分だし、文句を言ったり、寂しがる資格なんてないって。でも、ここまで一緒に作り上げてきた『黒山羊』ですから、無茶をしてでも、しがみついてでも、隣並んで走っていきたいって……そう思うのが乙女心ってヤツだと思います」

「乙女心……と関係あるのか、それは？」

「乙女心のわからない鈍感童貞センパイには理解不能です☆」

「そう言われてしまうと何も言い返せないな……」

彩羽の言い分にイラッとこないかと訊かれたら腹パンしたくなると即答するのが人情だが、でもそれ事実ですよね？　と指摘されたら事実なんだよなぁ。

「にしても、ずいぶんリアルな思考トレースだな。もしかして、彩羽もそういうふうに考えてたりするのか？」

「……まー、そうですねー」

ちょっとだけ考えるそぶりを見せながら、彩羽は、とん、とん、と踵を俺の膝に当てる動きでリズムをつけて。

「置いて行かれる寂しさには敏感かもですねー。……これでも、後輩ですし」

「お前。やっぱり……」

ぼそりとつぶやかれた言葉の意味に、俺は心当たりがある。

去年。俺がまだ高校一年生だった頃。俺がオズと一緒に動き出し、巻貝なまこ先生や紫式部先生を巻き込みながら活動の基盤を整えている間、彩羽はたったひとり中学校に取り残されていた。

『大丈夫です。人気者なんで☆』

そう笑って、気にせず前を向いて進めばいいと背中を押してくれたけれど。

なんとなく、仮面をかぶってるときの彩羽の笑顔と重なって見えた気がした。

ここ最近の彩羽の態度。ウザい姿は俺以外には見せない、というぐらいに懐いている事実。

キャンプファイヤーの前で踊りながら見せたあの顔、ときおり真白に見せる嫉妬っぽい感情も、そのあたりの寂しさの感情と関係あったりするんだろうか？

「……って、朝から気まずい空気になっちゃいましたね！　やめやめ！　この話題やめっ」

「あ、ああ。そうだな」

「空気よ変われ〜。世界に重くのしかかる不可視の呪いよ、霧散したまえ。ハ〜ッ！」

「なんだその呪文は」

突然の謎詠唱に、思わず苦笑が漏れる。

「空気が変わる出来事が起こる魔法です！　黒龍院紅月ちゃんを演じたときの影響で、呪文を考えるの楽しくなっちゃいまして」

「あはは。なんだそりゃ。役者の鑑だとは思うが、影響されすぎて痛い子になるなよ？」

「ひどーい、カワイイ後輩を痛い子扱いなんて！　魔法が実在しないとは言い切れないじゃないですか。もしかしたら、ピンポーンって何か起こるかも――」

と、彩羽がウザクレームをまくし立てようとした、まさにそのときだった。


ピンポーン。


「――ほら！」

「んなアホなことがあるか。ただの来客だろ」

ただの偶然に無駄に得意げな顔を見せる彩羽の頭に軽くチョップでツッコミ入れて、俺は立ち上がりインターホンを確認しに行った。

しかしこんな朝早くから誰だろう？　と、モニターを覗き込んでみると、そこに立っていたのはシルバーブロンドの美女。

海月さんだった。

真白が帰宅した直後のこのタイミング。もしかしたら真白を一晩泊めてしまったことで、何かお叱りを受けることになるのかもしれない。

そりゃそうだよな、年頃の、大切な娘さんだってのに。

「お、おはようございます」

恐々と玄関ドアを開けて顔を出し、目の前の海月さんの顔色をうかがいながら挨拶する。

「おはようジュール。イイ朝、元気してます」

「は、はあ。えっと、何の用ですか……？」

「大切な男と女、お付き合いの話、したい。しにきました」

終わった。

ワンチャン全然関係ない話題である可能性に賭け、無知のフリした挨拶から入ったんだが、この海月さんのセリフはどう考えても例の件だった。

「一緒についてくる。きてほしい。どうですか？」

そう言って、彼女は車のキーを見せつけるように顔の横で振ってみせた。

真白に聞かせないよう、他人の目と耳が届かぬ車内で、じっくりと尋問してやろうってことなんだろう。

「……わかりました。こうなったら腹をくくります。信じてはもらえないかもしれませんが、地道に本当のことを訴えていきますね」

「ありがとメルシー。潔さ。サムライ。感謝します」

「センパイ、真白先輩のお母さんとどこか行くんです？」

玄関に出たまま戻ってこない俺を心配したのか、後ろから彩羽がとことこと歩いてきた。

海月さんは彩羽を見て、ニコリと微笑む。

「彩羽ちゃん、おはジュール。朝一番、カワイイ、目の保養なる。なります」

「あはは。やめてくださいよー。本物の美人女優さんにそんなふうに褒められると照れちゃいます♪」

ちょっと優等生の入った、だけど素直に満更でもなさそうな、完全無欠の嫌味のない返し方。

よそゆき彩羽の本領発揮である。

と、海月さんはそんな彩羽の目の前で俺の腕をぐっと引き寄せて、パチンとウインクをしてみせる。

「彼、先輩、借りていく。いきます。大事な話。ありますから」

「え？　えーっと、はい。どうぞどうぞ。終わったら返しておいてくださいね」

「人をお醤油感覚でご近所さんに貸すな」

というかなんで俺がお前の持ち物扱いになってるんだよ。

などと極めて正常なツッコミをする暇もなく、俺は引きずられるようにして海月さんに連行されるのだった。

……アア、オワッタ……。

＊

芸術の国にふさわしい意匠を凝らしたフランス車のタイヤが優雅に道路を滑っていく。

車の性能か運転手の手腕か知らないが、ほとんど車体が跳ねることもなく、世間一般的には快適なドライブと呼べる時間である。

そう、世間一般的には。

俺にとっては、地獄の時間だった。

助手席に座る俺には、この身に巻きつくシートベルトが、手錠のように感じられてならなかった。

ちらりと隣の運転席を見てみれば、しなやかな細い指でハンドルを握っているのは、真白によく似た、色香を何倍にも濃縮したようなフランス美人の横顔。

車内を飾る小物や装飾はセンスに溢れ、流れるＢＧＭもクラシック。何をどうしたらこんな香りが漂うのか、脳がとろけるような良い匂いが充満している。

密室の社内、美人とふたりきり。何も事情を知らない男子諸君に見られたら羨ましがられるんだろうが、残念ながらそんな余裕はない。

海月さんの運転が始まり数分、いつ本題に入るのかと俺は緊張でガチガチに強張った体で時を待ち――……。

「明照君。昨夜のこと、ワタシ知ってます」

――切り出された瞬間、速攻で謝罪カウンターをぶちかました。

「大変申し訳ありませんでした！」

シートベルトをしてるので土下座まではできなかったが、心の中では五体投地していた。

赤信号で停車したタイミングで、海月さんは一瞬こちらを見て、

「……？　謝罪、どうして？　意味不明。わかりません」

と、首をかしげてパチパチパチと、瞬き三つ。

「え？　……真白の件じゃないんですか？　昨夜、俺の部屋に泊まったから……」

「ああそれ、ワタシ把握。理解してます。娘の青春、応援。既成事実、おいしいです」

「知ってたんですか!?　……いや、既成事実みたいなものは何もなかったんですけどね？」

大事なことなので無実の主張はしておく。

しかしそれならいったい何の話だ？　わざわざ俺を車に乗せて連れ出してまで、何を話そうというんだろう。

「えっと。じゃあ、昨夜のこと、というのは？」

「明照君。天地さん。ベランダ。密会。ワタシ見た、聞いてしまいました」

「……は？」

そういえば、乙羽さんと話している途中、真白の家のほうから物音が聞こえていた。風が強かったからそのせいかと思ってたんだが、まさかそこに海月さんがいたとは！

「いやいやいや。何ですか、密会て⁉　そんなことしてませんよ！」

「男と女、夜中、ふたりきりで会話する。すなわち密会。違いますか？」

「ただ単に会話してただけですって！」

「はい。会話。すなわち密会。……違いますか？」

「……すみません。あの、たぶん単語の定義みたいなものからすり合わせる必要があると思うんですよ」

「フム……日本語難しい。難解。至難の業です」

そのわりには微妙に難易度の高い日本語も駆使してるんだよな。至難の業とか、普通の人が使ってるのあんまり聞いたことないぞ。

信号が青になりふたたび車が走り出した。窓の外から見える景色があまり見慣れないものへと変わっていく。

国道を通り、だんだんと郊外へ向かってるような気がする。

「えーっと。で、昨日の俺と乙羽さんの会話を聞いて、それで、何の話が？」

「ワタシも我慢ムリ、できなくなりました。若い子、男の子。初心者、やり方わかりません。だから大人、お姉さんの役割、筆おろし。導きます」

「たぶん本当はそういう意味じゃないと思うんですが、使われてる単語が不穏すぎる！　あの、ちょ、速やかに言葉の定義を確認させてくれませんか⁉」

こういう場合、絶対にどストレートなセンシティブワードの意味ではなく、間違った使い方をしてましたってオチになるのが定番だろうから変な期待はしてないが、それでも一刻も早く不貞の可能性の芽を摘んで安心したい！

車はどんどん人気のない道をばく進してるし！

俺の訴えはなあなあでスルーされ、やがて車が停まったのは民家も人通りもほとんどない、人気のない道路の駐車スペースだった。

「あ、あのっ、誤解があっちゃまずいんで、言葉の定義をっ」

助手席で身をよじり、諫めようとする俺の顔の前に人差し指を立て、海月さんは、しーっ、と沈黙をうながした。

「ワタシ、秘密見せる。準備します。準備中、覗くのはエッチ。問題あります。しばらく暗闇、目隠ししてください」

「エッ……ち、ちょっと待ってください！　冗談ですよね⁉　こんなの許されませんよ⁉」

抗議の声は無視され、アイマスクで目隠しされる。

手は自由なのですぐさま外そうとするが――……。

「外したら、ワタシ、あられもない姿。下着、裸、見られてしまいます。それとも、見たい。見るですか？」

そう言われてしまったら、おとなしくしているしか選択肢がなかった。

ヤバい。どうしてこんなことに。

俺は、真白のことで説教を受けるんだとばかり思っていたから腹をくくって車という密室に乗り込んだだけなのに。このままガチで海月さんと不倫関係なんかになってしまったら最悪だ。彩羽を、真白を、月ノ森社長を、大勢を裏切り、《5階同盟》の未来も閉ざされる。

目を閉じたままアイマスクを取り去って、いますぐ車から飛び出すべきか？

しゅる……しゅるる……。

暗闇の中、耳の裏で衣擦(きぬず)れの音。あきらかに服とか、何か身に着けているものを脱いでいる音だ。

まぶたの裏に、いけないと思っているのに、海月さんの姿が浮かび上がってしまう。

真白に似た美しい顔が淫(みだ)らに微笑みを浮かべ、傷ひとつない美術品のような白い肌を誇示して、ねっとりと絡(から)みつくように迫ってくる姿が。

あああああ駄目だ駄目だ駄目だ。一瞬でもイメージを浮かべてしまうだけでも最低だ！

――逃げよう。

そう決意し、シートベルトを外し、アイマスクを外す。目を強く閉じたままドアを開けて、勢いよく外に飛び出して――……。

「きゃっ」

「うお⁉」

――ドアの前に立っていた人にぶつかった。

俺は助手席に押し戻され、しりもちをついてしまう。

海月さんか？　いつの間にドアの外に回っていたんだ？

俺は閉じていた目を開ける。

暗闇状態から突然光が射し込んで、視界が白一色に染まり、チカチカする。

ようやく目が慣れてきて、俺は、たったいまぶつかった相手の顔がおぼろげに見えるようになった。

当然、そこにいるのは海月さん。

の、はず。

そのはず、だったの、だが。

「……え？」

きょとんと、してしまう。

そこに立っていたのは、真白によく似たフランス美女、月ノ森海月ではなく。

というよりも、そこまでよく知った人物でもなく。

「え？　……えっ？　なんで、あなたが……はぁ⁉」

だけどまったく知らない顔でもなく。

正直、よくもまあ俺はこの顔を憶えてたなと自分でも感心してしまう。おそらく、俺と同じ人生を追体験しても、彼女の顔を正確に記憶できる奴なんてほぼ皆無に等しいだろう。

それくらい、俺とその人物の人生が交差した瞬間は一瞬で、さりげなく。

だけど月ノ森社長と本気で向き合ってきたからこそ、強烈なエピソードとともに、俺はその人のことを記憶できていた。


「ご注文はイタリアンハンバーグのセットが一点。以上でよろしいでしょうか？」


彼女は、背筋を伸ばして礼儀正しく生真面目に。いつも近所のファミレスで聞かせてくれる声で、制服のエプロン姿で、ウェイトレスの定型セリフを口にした。

混乱する脳味噌の中で最初に浮かんだのは、ヤバい、という咄嗟の思考だった。

なぜならこの近所のファミレスで働いてるウェイトレスの女性は、月ノ森社長が口説き落とした浮気相手なのである。

海月さんと鉢合わせたらどんな修羅場が始まってしまうのか。

そう思って、さっと車内を振り返ってみると……海月さんの姿はどこにもなかった。

いや待てよ。そうだよ。こんな人気のない道に、突然制服姿のウェイトレスが現れるわけがない。それに暗くて見えづらかったが、改めて見るとこの人なんか前と印象が違うような……。

これは、もしかして。いや、まさか。

「海月さん……なんですか……？」

「ミュージカル女優をしながら副業でファミレスバイトをしている月ノ森海月です。以後、お見知りおきください」

流暢な日本語で、真面目でお堅い口調で話す海月さん（仮）。

しかしすぐにクスリと笑い、声も口調も元の海月さん（本物）に戻す。表情が緩むとともに、顔も見覚えのあるものへ。

「フフ。ワタシ、演技力１００点、できました。できてますか？」

言いながら、ウィッグを外す。カラコンを外すとフランス美人の碧眼が現れた。

さらりとまろび落ちたシルバーブロンドは、まぎれもなく海月さんのもの。

――確定だ。

月ノ森社長に口説かれて徐々にデレていき、夜景の見えるホテルで優雅に食事を楽しんで、思う存分イチャイチャし、おそらくそのあと至るところまで至ってしまったであろう浮気相手。

「海月さんだったんですか……月ノ森社長の、その――」

「はい♪　ワタシ、真琴さんの妻。そして浮気相手。やる。やってます」

「そういうことだったのか……」

　驚き半分、安堵半分。

　自分の伯父であり、超大手企業の社長が浮気上等のクソ野郎だったかー、と半ば諦めの境地に至っていたんだが。

　それが奥さんと夫婦同士で愉しむプレイの延長だったのだとしたら、むしろ微笑ましいというかなんというか。

「いや、ビックリしました。月ノ森社長、浮気じゃなかったんですね」

「ノン。浮気です」

「え？　いや、でも、相手は海月さんなんですよね？」

「はい。ただあの人、正体知らない。ワタシとは別人、勘違いして、ＬＯＶＥしてます」

「え、ええ……？」

　なんだそれ。まったくもって意味不明だ。

「真琴さん、これまで何件も浮気、不倫、重ねてる。でもそれ、相手、全部ワタシの変装」

　とんでもなさすぎた。あまりにもあんまりな真実だった。

　伯父がそこまで節操なしな浮気者だって事実だけでもしんどいのに、その相手が全部奥さんでした、なんて。情報量多すぎやしないか？　こんなとき甥っ子の俺はどんな顔をすればいいんだ？

「あの人、美人を見ます。すぐ視線奪われる」

「まあ、そうでしょうね」

「最初は嫉妬。ワタシという奥さんいる。いるのによそ見、ダメ。思ってました」

「過去形にしないでください。実際ダメですから」

「でもワタシ、真琴さん愛してます。愛、あります。束縛イヤでした。美人見るなと制限して、ストレス溜(た)める。それはワタシ、望みません」

「束縛って……。妻として普通の権利だと思いますけど……」

「はい。でもイヤでした。伸び伸び生きるあの人、ワタシ好き。自由、楽しくいてほしいです。ただ本当に浮気される、それもイヤ、ムカつく、殺します」

「最後の単語は『殺したくなる』の言い間違えってことで脳内変換しておきますね」

言い切りはさすがに怖すぎる。

「そこで、ワタシが全部の浮気相手になる。思いつきました」

「発想が飛びすぎててヤバいですね……」

「仕事でアメリカ飛んだとき、ハリウッド仕込みの特殊メイクされる、されてきます。そして、変装したあと、真琴さんに嘘(うそ)の帰国時刻伝え、早めに帰国。彼の行く先、ＧＰＳ、調べて、先回りして接触する。出会い、完成します」

「特殊メイクの無駄遣いすぎる……っていうか、顔変えたら本人証明できなくて入国できないような……」

「すり抜ける方法あります。大丈夫、気にしない。いいですね？」

「すり抜ける方法がある時点で入国管理的な意味で全然大丈夫じゃない気がしますが、何となくこの話題を掘り下げるのが怖いので気づかなかったことにします。はい」

上流階級の思わぬ闇に触れてしまいそうで、ちょっとな……。

「ん？　ハリウッドで、特殊メイク……？」

その単語がすこし引っかかった。言われるまで意識していなかったが、ひとりだけ特殊メイクの世界に詳しい知り合いがいるんだよな。

……まあ、いまの会話には関係ないし、それはべつにいいか。

「真琴さんは自由に浮気したつもり。ワタシは浮気されず、愛される。どっちも幸せ」

ぽっと頬を赤らめて、うっとりした口調で言う海月さん。

真白と、真白の兄貴、ふたりの子どもを持つ親とは思えぬ、まるで思春期真っただ中のような恋する少女の顔。

「それに……フフ♪　真琴さん、口説く相手、選ぶとき。自然とワタシと似た子、選んでる。何度も、ゼロからあの人に選ばれる。とても快感、気持ち良さ。感じます」

「そ、そうですか」

失礼を承知で、軽く引いてしまう。

月ノ森夫妻の関係は、大人の関係を通り越して病的ですらあるように思えるんだが、それは俺が経験不足で大人の世界を知らないだけなんだろうか。

いや、さすがにこれは海月さんが特殊……だよな……？

というか月ノ森社長、めっちゃ手のひらの上で弄ばれてないか？

「フフ。明照君、素直。ワタシ、真琴さん、考え方も、やってることも最低。普通とは違う。違う、思ってますね？」

「う……いや、それは、まあ。すみません」

「構わないです。ワタシも自覚ある。あります。普通の夫婦でこれ、あり得ません」

そもそも誰も真似できないだろう。完璧に正体を隠せるレベルの特殊メイクと、他人の人格を完璧に演じる演技力、徹底したストーキング性能と、ネジの外れた偏愛がなければできない芸当だ。

「でもワタシ、いまの夫婦関係、胸、張ってる。張れます。パートナーのやりたいことを我慢させせず、ワタシの気持ちも我慢させてません。やりたいこと、ワガママ。ふたりとも押し通してる状況を作れてること、誇ります」

「そう言われると、確かに」

とんでもない偉業に感じられる。

　片方が我を通して、片方が我慢する。その蓄積の先に関係が破綻し、離婚する。そんな夫婦が世間に溢れていることを思えば、互いに幸せな関係を続けてる時点で、海月さんのやり方はひとつの正解と言えるような気がした。

「でも、なんでまた突然、海月さんはこんなカミングアウトを？」

「そう。それ本題。大事な話、ここからです」

　ここまでですでに情報量の暴力だったのに、ここからが本番らしい。

「世の中、矛盾たくさんあります。ぶつかり合う思想、価値観あります。でも『大勢の女性と付き合いたい夫』と『ワタシだけを見てほしい妻』、そんな矛盾さえ、両立可能、可能性あります。――ワガママ、通すの大事です」

「もしかして、最後の言葉を伝えてくれるためだけにこんな反応に困るカミングアウトをしてくれたんですか？」

　思わず、直球で口にしていた。

　さすがに可笑しすぎて、指摘せずにはいられなかった。

「はい。ベランダで、乙羽さんとの会話、聞きました。明照君、《5階同盟》の行き先、選択、迫られてます。……助けてあげたかった。あげます」

「すみません。《5階同盟》のことは、俺が考えるべきことなのに。いろんな人に気を遣わせてますね……」

「ノン。明照君の問題だけ、違います」

チチチ、と指を振り、海月さんは悪戯（いたずら）っぽく笑う。

「真白、彩羽ちゃん、カワイイ。ワタシ、好きです。ふたりの好きな明照君、仕事の悩み除き、早く恋に溺（おぼ）れてほしい。ほしさ、あります」

「……恋愛脳ですね、まったく」

「フフ。女優は乙女心、恋愛脳、失くせません」

「ははは……」

乾いた笑みがこぼれてしまう俺を、海月さんは真剣な目で見つめた。

「明照君、本当にやりたいこと、心、素直に従っていい。やりたくないこと、我慢いらない」

「本当にやりたいこと……ですか……」

紫式部先生の件を通して、俺が考えなきゃいけないこと。

これからやらなければならないこと。

チームの運営を円滑に、長期的に続けていきたいのか？

そのためにメンバーを増やしたり、外部に発注したりして、効率的な生産体制を構築していくべきなのか？

それとも限られた仲間とだけ走り続けていきたいのか？

――わかってる。

そんなもの、最初から答えは決まってた。

「ありがとうございます、海月さん。おかげで、腹が決まりました」

「……フフ。それは良い、良かった思う。思います」

ここ数日、本当に迷い続けてきた。

達成すべき数字と、できること、やれることの狭間でもがいて、うまくいかなくて。

危うく紫式部先生を壊しかけてしまった。

『あなたも、少数精鋭の天才に頼るシステムの脆弱性に、ようやく気づいたところなのでしょう？』

乙羽さんの言葉が呪いのように脳の隅に絡みつく。

正論だ。正しい。

だけど、俺は、その絶対的な正しさを拒絶して、ワガママを通したい。

少数精鋭の天才たちの力だけで作り、なおかつ、仲間たちの健康と安全を守りたい。

矛盾した望み。ぶつかり合って、けっして両立しないワガママ。

成功確率は低いかもしれない。大失敗するかもしれない。

それでも俺は……この道を押し通るんだ。


決めた。

俺の選択は、次に俺が打つ一手は、これだ。

ぐっとこぶしを握りしめ、俺はひとり決意を固めるのだった。


――それはさておき。

月ノ森社長も、海月さんも、男女関係においてとんでもない価値観を持ってやがる。

このふたりの血を真白も継いでるんだよなぁと思わされ、俺の純心を手のひらの上で弄ぶ、悪女な真白を想像し、俺は背筋を走る寒気に震え上がった。

＊

『それはつまりアキも浮気三昧(ざんまい)するつもりだ、と？』

『違う、そうじゃない』

第９話●●●●●『黒山羊』のユーザーに俺だけの選択

「センパイセンパイセンパイ、ちょっとセンパーイ！　これ、どういうことですか⁉」

「よお、彩羽（いろは）」

翌日、日曜日。

いつもの寝室……ではなく、今日はリビングのドアを破る勢いで突撃してきた彩羽を、俺（おれ）は穏やかな表情で出迎えた。

「来てくれたんだな、ありがとう」

「ありがとう⁉　センパイが私の突撃にお礼を言うとか絶対正気じゃありませんよね⁉　っていうか、こんなＬＩＭＥ送られたら来るに決まってるじゃないですかっ」

そう叫んでスマホの画面を向けてくる。

そこには俺から彩羽に宛てて送信された、一通のメッセージ。

『砕け散るところを見ててほしい』

たったひと言だけの懇願と、白装束……じゃないけど、それっぽく見える白のバスローブを着て、覚悟を決めて正座する俺の写真が添付されていた。

白装束は死装束。いまから切腹せんとする武士も着てたとか着てなかったとか諸説ある。

ちなみにその写真は、リアルタイム。いまの俺だ。

俺はいま、白装束（白バスローブ）を身に着け、リビングの真ん中で正座をしている。

手には切腹用の小刀……ではなく、スマホが一台。

傍らには介錯用の刀……ではなく、ピコピコ音の鳴るやわらかハンマー。

「なにやってるんですか！　死ぬ気ですか⁉」

「当たらずとも遠からず、だ。彩羽、俺が苦しんでいたら、介錯を頼む」

「ヤな役目ーっ！」

ヒエーと青ざめる彩羽の手に、半ば押しつけるようにしてピコピコ鳴るハンマーを握らせた。

うむ、これで準備は整った。

あとはメッセージを送った奴らが集まれば……。

「あ、アキっ……なに、さっきの、メッセージ……だ、だいじょぶ？」

「おう、真白。来てくれてありがとう。休日に、突然すまんな」

「そ、それはべつにいいけど……えっ、なに、しぬの？」

「当たらずとも遠からず、だ」

「どど、どうしよう、彩羽ちゃん。アキ、壊れちゃった」

「いや失礼な。壊れてはいないぞ」

「いやいやセンパイ。壊れてる自覚ないあたりもヤバさ増し増しですって。今回ばかりは私や真白先輩が正しいですから」

「だ、だよね。アキ、どうしちゃったの……？」

　いまから俺がすることがよほど不安なのだろう、真白はとても心配そうだ。

　大丈夫、俺も滅茶苦茶不安だから。

「また興味深いことを考えたね、アキ。結果を楽しみに見届けさせてもらうよ」

「おう、オズか。……これで役者が揃ったな」

　紫式部先生と巻貝なまこ先生にも連絡はしているが、このふたりは事情が事情なのでむしろ無理して来ないでくださいと念押ししてある。

　だから、これで全員。

「お兄ちゃん、なんでそんな冷静なんですか！　こんな異様な空気のセンパイを前に、笑顔でいられるとか鬼畜み溢れてるんですけど！」

「あはは。僕は事前にネタバレされてるから。そういう意味では、彩羽や月ノ森さんよりかは心穏やかでいられる立場かな」

「オズ……えと、小日向くんは、知ってるんだ？　アキが何をしようとしてるのか。知っててニコニコしてるなら、危険なことじゃない……んだよね？」

「まあね。リスクの高い試みなのは確かだけど。少なくとも即死したりはしないよ」

「気分的には死を覚悟してるのに等しいけどな」

「んんぅ？　センパイの言ってる意味が全然わかんないんですけど」

「と、とにかく。早まったことはやめて……ね？」

オズの冷静な解説に補足を入れると、彩羽と真白はますますワケがわからなそうな顔をする。

……まあ、さっさと始めるか。これ以上もったいぶっても仕方ないし。

「てわけで、みんな来てくれてありがとう。実は今日、俺は《5階同盟》と『黒山羊（くろやぎ）』の今後にまつわる重大な決定をした」

「重大な……決定……。あっ、えーっと、それって私や真白先輩も聞いていいやつです？」

彩羽が建前（たてまえ）を意識した質問をしてくる。

そりゃそうだよな。彩羽は表向きあくまでも同じマンションのお隣さんとしての付き合いで、《5階同盟》とは直接関係ない……ということになっている。真白に至っては、ハニプレとの契約で俺のニセ恋人をやってるだけで、表向きも裏向きも、《5階同盟》のクリエイターではない。

けど、まあそこは言いっこなしだ。

「彩羽は黒龍院紅月（こくりゅういんくげつ）の企画を一緒に考えてくれたし、真白も３００万ＤＬに向けての企画を一緒に考えてくれた。俺の中ではもう《5階同盟》の一員のようなもんだ」

「アキ……。で、でも、重大な決定って、いったい……?」

「俺は《5階同盟》を立ち上げて、今日までみんなと一緒に全力で走り抜けてきた。おかげで200万ものユーザーを獲得し、次は300万DLを目指そうってところまできた。……俺みたいな平均的な能力しかない高校生にこれだけの結果を与えてくれて、仲間のみんなには本当に感謝してる」

実際、自分ひとりの力では不可能だった。

それは仲間たちがどれだけ俺をフォローしてくれようと変わらない事実だ。

べつにそれで自分を卑下するつもりはない。俺は彼らの活動を支え、場を整えるという価値を提供している自負はある。

——でもそれには大いなる責任がつきまとうわけで。

「だけど、立ち止まることなくひたすら走り続けてきた毎日は、できすぎた結果と引き換えに、目に見えないところで、みんなの自由とか、時間とか、健康とか……そういう大事なモノを、ちょっとずつ削っていってしまった」

大きな目標を掲げ、常に最善の手を、効率的な最高の手を目指してきた。

仲間の高いモチベーションという、甘い果実に頼り切って。

「紫式部先生が倒れたのは偶然でも何でもなく、いまのやり方で進めたらいつか必ず直面する問題だった」

　少数精鋭で、安定運営。

　そんなもの、何かひとつトラブルが起きただけで一瞬で崩壊する欠陥住宅と同じだ。

　両立し得ない、矛盾した思想。

　数十、数百というスタッフを抱え、誰が倒れても代替できるようクリエイター全員が歯車に徹することで安定を取るか。

　意思疎通可能なごく少数の仲間だけで作り、質を担保しながら、コンテンツの供給速度を落とすか。

　どちらかしか、あり得ない。

　天地堂という大企業は、大企業なりの歴史と経験から現在の価値観、体制に落ち着いた。

　それはたった一年前にゲーム作りを始めたばかりの俺なんかの判断よりも、百倍正しくて、千倍論理的で、一万倍、効率的だ。

「だから、決めた。俺は、俺の判断で。俺のワガママで、この道を選ぶ！」

　そう言って、強くスマホを握りしめ。

　俺はその告知文を、全ユーザーへ向けて公開した。

「「「……！」」」

　彩羽の、真白の、オズのスマホが同時に震える。

当然、この場にいない紫式部先生や巻貝なまこ先生の……いや、『黒山羊』をインストールしている、すべてのユーザーのスマホも反応したはずだ。

スマホを開けば、そこに表示されているのは――……。


【大切なお知らせ】

日頃(ひごろ)より、応援してくださっている皆様へ。

『黒き仔山羊の鳴く夜に』の追加コンテンツの更新につきまして、しばらくの間、お休みさせていただくことになりました。

新シナリオ、新キャラの実装を心待ちにしていただいていることは認識しておりまして、運営としても一刻も早く新しい展開をお見せしたいのですが、このままのペースで制作していく場合、満足いただけるクオリティを維持することが難しいと判断いたしました。

十二月頃の更新再開を目指し、しっかりと足元を固めた上で、納得のいく作品作りをしていくつもりです。

皆様にはご心配をおかけして大変申し訳ありませんが、引き続き『黒き仔山羊の鳴く夜に』および《5階同盟》を応援いただけますと幸いです。

《5階同盟》代表・ＡＫＩ

「う……あぁ……やった。やっちまった。フ、フフフ。へへへ。やっちまったぜ……」

「センパイ⁉　初犯の殺人鬼みたいな顔になってますよ⁉」

「う、へへ……う、ううっ、うおあああああ、お腹(なか)いてえええええええ！　彩羽ああああああ！　介錯を頼むううううう！」

「ええっと、ワケわかりませんけどわかりました！　お覚悟ーっ！」

スマホを腹に抱えてのたうち回る俺の頭にピコピコハンマーが振り下ろされ、間抜けな音が響き渡る。

苦しむことなく一瞬であの世に行ける、なんて効果はないが、ほどよい頭への刺激とすべてがアホらしくなる音のおかげでほんのりとストレスが緩和された。もちろん錯覚(さっかく)である。

「あ、アキ……これ、本気なの？」

「冗談でリリースなんか出すわけないだろ」

「だ、だよね。ユーザーに、流れてるもんね、この情報。……でも、このご時世に、追加更新の停止のお知らせって……」

「ほぼ自殺行為なのはわかってる。だから腹痛案件なんだよ……ぐうっ……」

やはり真白は自分が作家志望なだけあって、更新ペースを落とすことがいまの時代どれだけ痛いのかよくわかってるんだろう。

娯楽が溢れた現在、立ち止まった者は濁流に呑(の)まれて消えていく。

過去、他のコンテンツがそうして時代に取り残される姿をたくさん見てきた。

俺たちの『黒山羊』だけがその運命に抗えるだなんて信じられるほど、お花畑の頭はしちゃいない。

あー、お腹が痛い。

SNSを見るのが怖い。滅茶苦茶炎上してたらどうしよう。

ピコピコ。

「……いつまでたたいてるんだ、お前」

「念には念を入れてきっちりトドメを刺しておこうかと」

「介錯人の鑑だな」

「てゆーか、説明してくださいよ、説明。どうしてしばらくお休みなんて告知を出したんですか?」

床にうずくまる俺の前、中腰になってピコピコ俺の頭を殴りながら彩羽が訊く。

「お前の言う通りだと思ったんだ」

「へ? 私ですか?」

まったく心当たりがないのか、きょとんとしている。

「ああ。働きすぎてたんだ、俺が」

「いやまあそりゃそうですけど。何ですか、いまさら」

「確かにいまさらだが、いま修正しないといけないことなんだよ」

彩羽、オズ、紫式部先生——こいつらの才能を、巻貝なまこ先生の力を借りつつ、しっかりと世間にお披露目(ひろめ)する。それこそが俺が本来『黒山羊』でやりたかったこと。

すなわち、俺のワガママだ。

「俺のやりたいことにお前らが同調してくれたからここまで来れた。だから、俺もその働きに報いようとして、もっと頑張った。……でも、落とし穴はそこにあったんだ」

「落とし穴？」

「俺が頑張り続ける限り、みんなも無限に頑張ってくれてしまう。——何事もなけりゃ美談だが、こんなの爆発(ばくはつ)してないだけの爆弾だ」

だから。

「だから決めたんだ。最速の３００万ＤＬって可能性を捨て、ここでいったん立ち止まる……と」

イラストの発注を止めるだけじゃ足りない。

何故(なぜ)なら、みんなイイ奴だから。

俺が頑張ってると知ったら、手伝ったり、気遣ったり、せずにはいられない奴らだから。

チーム丸ごと立ち止まらない限り、しっかり休むことなんかできやしない。

「新しい人間を雇って効率的に、安定した運営を目指す……確かにそれもひとつの正しい手段でも良くて、それは、ただただ俺のワガママ。だ。ぐうの音も出ないほど、な。だけど――」

それじゃあ、意味がない。

どこまで行っても『黒山羊』は俺たちのコンテンツで在り続けてほしい。正しさなんてどう

「――俺はいまの仲間と進む道を選ぶ。駆け抜けるときも、立ち止まるときも」

そう言い切った俺を、彩羽が、真白が、オズが見ている。

その顔に浮かぶ感情がどんなものか俺にはわかるはずもない。突然の決定すぎて困惑してるっていうのが正直なところだろう。

「何の相談もなく決めてすまん。だがこれは、俺の責任で決めるべきだと判断した。リーダー権限だ、異論は認めない」

「オーケー。お知らせのセッティングをしたときにも言ったけど、僕はアキの判断にすべてを委ねるって決めてるから。……紫式部先生と巻貝なまこ先生も、ＯＫだってさ」

ＬＩＭＥの画面を見せて、オズが笑う。

「ま、真白もっ、それでいいと思う。アキが決めたなら。うん」

何故か一瞬だけ後ろを向いていた真白が、あわててこちらを振り返ってうなずいた。

「十二月に再開っていうのは、どういう基準なんです？」

彩羽が素朴な疑問を口にする。

「修学旅行は十月の後半だからな。菫先生の仕事が落ち着くのは、その後になるだろう。で、十一月たっぷり使って準備するとして、最短で十二月って計算だ」

「なるほどー。じゃあその間、作業は全部ストップなんです？」

「そういうことになるな」

……って、いちおう回答したが、彩羽。その発言はお前に作業が存在することをカミングアウトするに等しいから口には気をつけろよ？

いまは真白も、そんな彩羽の細かい言動に気づける余裕はなさそうだが。

「ま、せいぜい高校生らしく修学旅行を楽しむさ」

「案外、それが今後の《5階同盟》のプラスになるかもね」

オズの言う通り。

振り返れば俺は日々の運営を回すことに囚われ、プライベートに目を向ける余裕はいっさいなかった。

だがこれまでにも要所要所で、プライベートから得た教訓が運営にプラスに作用したことも多かったはずだ。

もちろん最終目標は忘れず、節度を保つことは心がけるが――……。

ちら、と彩羽と真白のほうを窺いながら、俺は考える。

――表に出すかどうかはさておき……自分の感情がどこに在るのかを見つめ直すぐらいは、

したほうがいいのかもしれない。

「……でもさ、アキ。『黒山羊』の成長を諦めたわけじゃないんだよね？」

と、一瞬浮かびかけた青くさい思考をオズが遮った。

「ああ、もちろん。これはあくまで戦略的撤退。無策の休業宣言なんかじゃない」

「あ……そうなんだね。てっきり、数字を伸ばさなくてもいいって、考えてるのかなって……思っちゃった」

「数字は伸ばさなくていい。３００万ＤＬを無理に狙うのはやめた」

「え？　それって、どういう……」

「そもそも数字の大きさでハニプレのヒット作品と張り合うなんざ無謀だった」

「まー、そりゃ無茶ですよねー」

「そう。俺たちが目指さなきゃいけなかったのは、数字の大きさなんかじゃなくて、濃さだ。つまりたとえ数字の絶対値では勝てなくても、本当に『黒山羊』のことを深く愛してくれる……そんな濃いファンの人数が、まとまった数、観測できること。それこそが俺たちの勝利条件」

「……？　でもそれ、どうやって観測するんです？」

「それについては、考えてることがあるからあとで説明するとして……。まずは今回の発表で、ユーザーからどんな審判が下されるか、だ」

すべてはそれに尽きる。

ここで大バッシング、大炎上、総スカンを食らったら、濃いファンもクソもない。

だから、腹が痛いのだ。

更新速度が下がったら、すぐさま離れてしまうユーザーが大多数だったら。

《５階同盟》の命運はここで尽き果てる。

だがもし、快く受け入れてくれる人が多ければ。

確かな濃いファンを、この目で確認することができる。

どっちに転ぶか。二分の一の博打。

「そろそろユーザーの声が出てくる頃だね。アキ、心の準備はいいかい？」

「くっ……殺せ……！」

スマホを手に、ＳＮＳの投稿を読み上げる気まんまんのオズに、俺は歯を食いしばった。

「センパイが女騎士みたいに……！」

「気分としては大差ない！　精神をぐちゃぐちゃにされる覚悟は、できている！」

「じゃあ、行くよ？」

ニッコリと鬼畜スマイルで、オズはゆっくりと口を開く。

「『いまどき月１も更新できないとかスマホゲー舐めてんの？』」

「おふぅっ！」

みぞおちに入った。

「『いよいよオワコンか（笑）はい、次行こ、次』」

「がはぁっ！」

下あごに強烈なのが入った。

「『やっぱ運営ゴミだわ。巻貝なまこ先生の無駄遣い。小説だけ書かせろよカス』」

「うっ……そ、そこまで……言わなくても……」

締め技で呼吸を止められた。

「お、お兄ちゃん！　ストップ！　センパイ死んじゃう！」

「ひ……ひどすぎる……ゲームのユーザー、こんなに怖いの……？」

彩羽が必死でオズを止め、真白は真っ青な顔で剝き出しの悪意を前に震えている。

オズだけはいつもの余裕たっぷりな様子で。

「ここで止めていいの？　本番はここからだよ？」

「止めなきゃまずいですって！　センパイのメンタル限界ですよ⁉」

「止めるな！　ぜぇ、はぁ……すべての声を受け止める義務が、俺にはある！」

「センパイ……でも……」

「こういうとき、サンドバッグになるのもプロデューサーの仕事のうちだ。さあ、続けてくれ、オズ」

「……。オーケー。行くよ」

「そんな……センパイ！」

「アキ……だめ……よけて！」

彩羽と真白の悲鳴もむなしく、オズの口から続きの言葉が紡がれる。

ＳＮＳに投稿された、容赦なきユーザーの声が、俺の心を突き刺さんと放たれる。

ぎゅっと目を瞑り、衝撃に備える。

「『運営さんんん！　了解しました！　次の更新がいつになっても構いません、運営さんが考える最高のモノ、楽しみにしてます！』」

…………………。

……え？

『しばらく更新ないのは寂しいですが、再開されたらめっちゃ推します！』

『十二月まで紅月ちゃんを存分にペロペロしておきますね』

『ものすごい制作ペースだったので、スタッフさんたちのお体を心配してました。無理のない範囲でゆっくり休みながら、最高の作品を作ってください！』

『おう、また十二月な！』

『次の更新までお気に入りのストーリー周回してきます！』

『いつもお疲れ様です！　とりあえず応援の気持ちもこめて課金しときますね』

『ＡＫＩさーん！　お疲れっス！　いつまでも待ってます！　自分、一生ついてくんで！』

オズの口からつぎつぎと出てくるユーザーの声、声、声。ここに書き切れないほどの、大量の声。

「アンチっぽいコメントは最初の三件だけで、あとはほとんど運営への労い（ねぎら）の声だね。一部、残念そうな反応もあるけど、批判的な声はあんまりなさそうだよ」

「サイレントマジョリティーからは総スカンとか、そういうのは……」

「どうだろうね。十二月の再開にならないと実際の離脱率はわからないけど……まあ、イイネの数も多いし、ざっと見た感じは商業のコアファンを抱えてるタイプの作品と似た反応がされてるように見える。……ま、正確な分析はあとでＡＩにやらせるとして、とりあえずは告知の結果は良好ってことでいいんじゃないかな」

「そ、そうか……」

「よかったね、アキ。《5階同盟》が積み上げてきたモノは、しっかりユーザーに届いてる」

「ああ……」

正直、今回の発表はこれまでで一番緊張した。

たぶん、初めて『黒山羊』を世に出したときよりも、何倍も。

失敗上等、どうせ誰も俺たちのこと知らないし、当たって砕けろ！　と、前へ進む推進力に任せてるうちは怖さなんて何もなかった。

まさか後ろに下がろうとする告知のほうが何倍も怖いなんて、当時は考えもしなかったな。

進軍時ではなく、撤退時にこそ勇気が試される。

そんな話を聞いたことはあるが、身をもって実感したのは初めてだった。

「よかった。本当に……」

「センパイ……」

「アキ……」

全身から力が抜けてへたり込む俺に、彩羽と真白が歩み寄り、背中をさすりながら。

「お疲れ様でした」

「おつ」

シンプルな労いの言葉をかけてくれた。

あまりにも普通すぎるその言葉は、いまの俺には充分すぎる癒やしだった。

＊

一週間が経った。

これっぽっちも『黒山羊』の作業をしないという、ある意味異常な時間。それでもまあ完全に無駄な時間を過ごす気にもなれない性分なので、本を読んだり情報を集めたり、ピンスタを研究したり、いままで時間がなくて観れなかったＶｔｕｂｅｒの配信を観たりした。

彩羽や真白やオズと、普通に遊ぶことはこれまでほとんどなかったんだが、それもゆるーくやってみたりして。

菫も『黒山羊』の更新停止の情報後、週明けには腰を労りながら出勤が可能になっていて、無理のない範囲で修学旅行関係の仕事をこなした。

そして、また訪れた土曜日の夜。

俺たちは、いつものマンション5階、俺の部屋のリビングに集まっていた。

「それではアタシ、紫式部先生の完・全・回・復と、修学旅行の前準備、一段落を祝ってぇ……かんぱぁ――――い！」

「「「乾杯！」」」

菫が元気な掛け声とともに高々とグラスを掲げると、俺と彩羽と真白とオズがそれに続けて声を重ねた。

病み上がりだってのにお構いなしにウォッカを呷る酒豪を責めるのは勘弁してやろう。

今日はお疲れ様の飲み会、うるさいことは言いっこなしだ。

「くううう、一仕事終えたあとのお酒は沁みるわぁ～」

「お疲れ様でーっす。じゃんじゃん飲んじゃいましょう！」

「ペース早すぎ……すこしくらい、自重したら？」

「まあまあ真白先輩、いいじゃないですか。打ち上げですよ、打・ち・上・げ☆」

「むーん」

「あはは。月ノ森さんも今日ぐらいは優しくしてあげなよ。先生が頑張ってくれたおかげで、僕らの修学旅行は例年よりも楽しくなりそうなんだから」

「……そうなの？」

「うん。生徒会でも話題になってたよ。修学旅行実行委員会と一緒に、去年までの風習を破って、綺麗で食事もおいしくて、面白味のある旅館に泊まれることになったって」

「そうなんだ……。ん、なら、許す」

「菫ちゃん先生、なんだかんだで生徒想いですもんねー。いまの二年生が前例を作ってくれたら、来年の私たちの代は簡単にイイとこ泊まれそうですすね。感謝の二乗！」

「ドヤアアアア！　もっと讃えていいのよん！　オーッホホホホ！」

「やっぱり許さない。ウザい。静かにして」

「ひーどーいー！　キャハハハハ！」

「まったく……騒がしい奴らだ」

いつもと同じ面子(メンツ)、同じ盛り上がりの輪からさりげなく離れ、俺はキッチンでひと息ついた。

『黒山羊』の運営がどうあろうとあいつらは全然変わらないんだなと、ほっこりした気持ちになる。

ただし今日の飲み会にはいつもとは違うところもあった。

飲み会の特異点。初顔のひとりはゆったりと編んだ髪を軽く撫(な)でつけながら俺のいるキッチンに入ってきた。

乙羽(おとは)さんは日本酒の入ったお猪口(ちょこ)を口につけ、酔いにやや赤らんだ顔で、ぽわぽわした口調で言う。

「賑(にぎ)やかですねー。いつもこんな楽しいことをしていたのかしら」

「はい。後ろ暗いことはないですよ。飲んでるのもほら、トマトジュースなんで」

「うふふ。そう身構えなくとも良いですよ。疑ったりしていませんのでー」

そう言うと、乙羽さんはふと視線を家の奥、廊下の向こう側に向けた。

「ところで奥にある、鍵(かぎ)のかかった部屋は？」

「ただの物置なんで気にしないでください」

すみません、全自動麻雀（マージャン）卓の部屋です。

いや、俺たちが賭（か）けてるのはお金じゃなくて己（おのれ）のプライドと信念だけなので、誰にも文句を言われる筋合いはないんだが。それでも親御さんに見せるのは控えておきたいのが正直なところだ。

そんな会話をしていると、もうひとりの特異点、初顔のフランス美女がふらりとやってきた。

「秘密の部屋。ミステリアス。好奇心、刺激します。ヤリ部屋ですね」

「あの、単語のすり合わせをですね？」

日本語を間違えているのか、ガチで言ってるのか、判断に迷うからホントにやめてください、海月（みづき）さん。

というか、大人ふたりに囲まれてしまった。気まずいと思いつつ、この状況を作り出したのは自分自身だから文句も言えない。

そう、乙羽さんと海月さんをこの飲み会に誘ったのは俺だった。

これはある意味で乙羽さんへの宣戦布告。俺たちに混ざって、彩羽が楽しそうにしている姿を見せつけるため。

俺自身のやりたいことを見つめ直し、《5階同盟》の転換期となる決断を下した俺は、彩羽を次のステージに推し進める策も練りたいと考えている。

Ｖｔｕｂｅｒの配信やピンスタを研究しているのも、その一環だ。

だからいつまでも乙羽さんの監視の目にビビってもいられない。直接この人を説得する日のためにも、彩羽に自由を与えてやりたくなるように、すこしでも布石を敷いておきたかった。

海月さんを呼んだ理由？

まあ、保護者がひとりというのもアレだし、5階の住民全員集まってるのにハブるのもどうかと思ったし。

何より今回、俺の行くべき道を後押ししてくれたお礼に、紫式部先生のために揃えてある高級酒を振る舞いたい気持ちがあった。

もっとも、セレブな海月さんには安酒かもしれないが。

「……それにしても、大星君。思い切った決断をしましたねー」

「更新停止の話ですよね」

「ええ。私の忠告は、結局聞き入れてもらえませんでしたかー。残念」

相変わらずどこまで本気か心根が読めない表情だが、なんとなくその残念という言葉に嘘はないような気がした。

「いつか今回の選択を後悔する日がきますよ。大人になれば、ね」

「そうかもしれませんね。でも——」

天地堂という大きな組織を束ねる人間として、クリエイターの頂点に立って率いる者の先輩として、乙羽さんは道を示そうとしてくれただけなのかもしれない。

だけど、それはこの人がすでに進んだ道。この人の攻略したダンジョンの攻略法。

俺の道では、ない。

「どうせいつか死ぬとしても、自分の背骨だけは残したいんで。肌に合わない骨を継ぎ接ぎする気は、ありません」

直往邁進の決意を込めて、俺はぶれず逸らさず乙羽さんの目を見据える。

恐ろしくさえ感じた友達の母、伝説に等しい実績を誇る先達に対し、心を強く保ちながら。

そんな俺の気丈さをどう評価したのか、乙羽さんはふうとため息をこぼし。

「未熟ですね」

単純な失望を口にした。

「ノン。違います、天地社長」

だがそれにすかさず反論したのは、意外なことに海月さんだった。

「熟す、未熟、定義、それ正しくありません。夢を諦める、諦めない、その違いです」

「月ノ森さん……。なるほど、あなたの影響でしたか」

納得の声。

細い目を微かに見開く乙羽さんと、雪女じみた艶やかな眼差しでそれを受ける海月さん。

ふたりの大人の女性の間で不可視の緊張が高まっていく。

……な、なんだこのふたり。もしかして、実は仲が悪いのか？

「あなたはそういう価値観でしょうね。一切の折り合いをつけず、ワガママなまま成功した、あなたは」

困惑する俺の感情を置き去りに、乙羽さんは悪意を含んだ言葉で海月さんを刺す。

しかし刺された側は怒りも悲しみも見せず、ただ無言のまま、余裕たっぷりに微笑んでいた。

――そうか、考えてみたらこのふたり、水と油みたいなものなんだ。

何故なら、海月さんはミュージカル女優。

芸能、エンタメの世界を唾棄すべきものと扱い、彩羽からテレビやスマホの配信サービス等、アクセスする手段を根こそぎ奪い去った元凶。

そんな人間が、芸能&エンタメの権化のようなステータスの海月さんに、良い感情を持っているはずもない。

彩羽と真白は仲が良いし、最初に揃ってうちを訪ねてきたときの雰囲気が和やかだったから、すっかり騙されていた。

あれが大人の社交辞令の恐ろしさってやつか。

……待てよ。乙羽さん、いま、折り合いをつけず、って言わなかったか？

海月さんの現在が折り合いをつけずに突き進んだ先にある、と表現してるってことは、逆に言えば乙羽さんは、折り合いをつけて現在に至った……って意味か？

もともとは、現在のような価値観じゃなかった？

もしそうなら。ここが突破口になるか？　彩羽の道を認めさせるための、第一歩に。

危険かもしれない。藪蛇かもしれない。だが、踏み込んでみる価値はある！

「あのっ、その話——」

「センパイいいい！　助けてくださいいいい！」

「——うおっ、彩羽⁉」

乙羽さんに詰め寄ろうとした瞬間、キッチンに彩羽が駆け込んできた。

ゾンビシーンでいまにも捕食されそうな哀れな人間のような表情で、背中にはゾンビ……のようにしがみついて、ずりずりと引きずり込もうとする菫の姿。

「もぉぉぉ逃げらいでよ、彩羽ちゅわぁ～ん。アタシに『いろ×まし』のてぇてぇ絡みを見せてよぉぉぅ」

「ナマモノで妄想するのはルール違反なんですけど！　センパイ、助けてくださいー！」

「式部が新たな酒の肴を見つけてしまったか……南無」

「拝んでないでセンパイも早くこっちに来てください！　オズ×アキさえ見せつければ、気を逸らせると思うんで！」

「ついさっき自分が言ったセリフを憶えてないのか？」

ナマモノで妄想するのはどうこう。

「オズ×アキはすでに2・5次元だからオッケーです！」

「よーし、式部。いまから彩羽と真白のカップリングの尊さについてどっぷり語るかー」

「賛成えええええい！　イエ――――ッイ！」

「そんなあああセンパイの裏切者――ッ！」

菫に便乗する形で、涙目で抗議する彩羽の体をどすこいどすこい押していき、俺はキッチンから出た。

振り返ると、乙羽さんと海月さんは、腹の読めない笑顔で「いってらっしゃい」と軽く手を振っていた。

話が強制終了されて結果オーライだったかもしれない。

この底知れぬ圧を秘めた大人たちにいま踏み込んだら、切れ味鋭いカウンター抜刀で、呆気なく首を取られていたかもしれん。

……GJ、彩羽。

Tomodachi no imouto ga
ore nidake uzai

友達の妹が
俺にだけ
ウザい

epilogue1

Tomodachi no imouto ga ore nidake uzai

エピローグ　彩羽と海月

「うー、疲れた……」

菫ちゃん先生の絡みから解放された私はリビングからふらふら離れて、キッチンの冷蔵庫を開けた。

久しぶりの飲み会だったからかな？　菫ちゃん先生、めちゃテンション高い。最近まで腰を痛めてたなんて絶対ウソでしょ⁉　って感じのはっちゃけっぷりだ。

楽しくていいんだけど、さすがに体力消費しすぎてもうへとへとです。現役JKとはいえ、アルコールでリミッター解除された大人にノンアル勢がついて行けると思うなよ！　って話ですよ。まったく。

で、カラカラに渇いた喉を潤して、ついでにテンションも補充しようと冷蔵庫を開けたんだけど。

「ありゃ、飲み物切れちゃってる」

残念、からっぽでした。

センパイの家、菫ちゃん先生のためにお酒のストックは豊富だけどノンアルの品揃えは意外と貧弱なんだよなぁ。

「あー、私、ちゃちゃっと買い出し行ってきまーっす」

キッチンの横から顔を出し、リビングに向けて声をかける。

私の声に真っ先に気づいてくれたのはセンパイだった。

「俺も行こうか？　こんな時間に女子のひとり歩きもアレだし」

心配してくれてる！　好き！

と、発作的に感情が迸っちゃいますが、さすがにそのどストレートな表現は照れるというか、自分でも、ないわー、って思うので、普通に返答することに。

まあ、うれしくてニヤニヤしちゃうのは止められないんですけどね！

「大丈夫ですよう。すぐそこのコンビニ行くだけですし。あっ、それとも彩羽ちゃんと夜道をデート気分で歩きたいんですかぁ？　にひひっ」

「ばっ、そういうんじゃねえよ。……まあ大丈夫だって言うならいいや。任せた」

「はーい。任されました☆」

ビシッと敬礼。後輩仕草。

実は夜道をデート気分で歩きたいのは私のほうなんですけども。自分の願望をたれ流してもセンパイの願望にすり替えて押しつけちゃえばいいんでラクなもんですね☆

それじゃあ行ってきまーすと言いながら玄関で靴に足を突っ込むと、後ろから誰かがついてきた。

「ありゃ。真白(ましろ)先輩のママさん。何か買ってきてほしいです?」

そこに立っていたのは美人でブロードウェイな大女優の海月(みづき)さん。

これから買い物に出かけようとする私にオーダーしにきたのかなと思って訊いてみたら、首をふるふる横に振る。

「ワタシも行きます。お酒切れた。切れました」

「お酒ならまだストックあるはずですよ? 紫式部(むらさきしきぶ)先生用のがたんまりあるんで」

「ワタシ、コンビニの安いお酒、『オニツブシ』、好きです。あれ、この家にはありません。買いに行く、行きます」

なるほど。お酒だとさすがに依頼されても私じゃ買えない。

最近会ったばかりの友達のお母さんとお買い物っていうのも変な感じだけど、どんな初対面の相手とも見事に打ち解けてしまう彩羽ちゃんマジックの見せどころですね!

「了解です! ではでは一緒に行きましょう!」

マンションのエントランスから出て、徒歩で五分するかしないかの距離にあるコンビニへ。

秋の夜の寒空の下、女ふたりで無言で歩く。

どんな初対面の相手とも見事に打ち解けてしまう以下略と自負していた私だけど、全然声をかけられていません調子に乗りましたごめんなさい。

いつもなら平気で優等生寄りの陽キャっぽい感じで話を始められるのに。

なんていうか隣を歩く海月さんの、圧倒的な殿上人オーラに圧されちゃうっていうか。

よく考えたら隣にいるこの人、ブロードウェイで活躍する女優さんなんだよなぁ、私の目指してる世界の最上級系みたいな人なんだよなぁと思ったら、途端に緊張してきて口の周りが何かもうガッチガチになってる。

……真白先輩によく似て、美人だなぁ。真白先輩も将来こんな感じになるのかな。

横顔を見ているだけで、そんな素直な感想が頭の中に浮かんでしまう。

海月さんの目が、いきなりこっちを向いた。

まじまじと見つめてるのがバレてしまったのかと思い、照れくさくて、あ、いや、違うんですと、あわてて弁解しようとすると——……。

「彩羽ちゃん。《5階同盟》の声優、全キャラ、演じる。演じてますね？」

「え⁉」

突然、予想外の言葉をぶっかけられて、声が裏返ってしまう。

待って。ずるい。何いまの不意打ち⁉

海月さんはクスリと微笑み、やっぱり、と言った。

「ワタシ、縁あります。『黒き仔山羊の鳴く夜に』プレイ、遊びました。声の種類、いくつも使い分けてますが、演技のプロ、ワタシを誤魔化す、できません」

「こ、声を聞いただけでわかるものなんですか……?」

「演技うまくても、本能に近い部分、癖、消す難しいです。息遣い、ブレスの仕方、喘ぎ声。区別余裕です」

「あえっ……に、日本語の意味を間違えてるだけですよねっ?」

「OH、言い換え必要ですか? 嬌声、艶声、センシティブボイス、好きなの選ぶ、選んでいいですよ」

「ぎゃー! わかってて使ってるー!」

「それです」

「……へ?」

「『ぎゃー』の、伸ばしてるところ。『あー』の、息の出し方。癖、出やすいところ。さっきの『え!?』もわかりやすい」

「そんなところでわかっちゃうものなんですね……あの、このことは、他の人には」

「もちろん、バラしません。クレジットなし、正体不明。つまり名前を出せない理由、ある。ありますね?」

「はい……特に、うちのママには……」

「でしょうね」

「え？」

それってどういうことだろう。海月さんはママとすこしだけ交流があったみたいだけど、私の家の事情も何か知ってたりするのかな。

「このこと、明照君は知ってる。知ってますね？」

「はい。センパイは内緒で、私のこと声優として育ててくれてるんで」

「なるほどオッケー。彩羽ちゃん、ワタシ、明照君。この三人、秘密の三角形。それ以外には、誰にもバレない、気をつける。安心して。秘密、隠し事、三度の飯より得意です」

「あ、ありがとうございます。……でも日本語かなり変ですよ？」

「コミュニケーション、勢い、伝われば問題なし。ありません♪」

それもそうかもしれない。

間違えてもお構いなしで迷いなく言い切る海月さんのスタンスは、なんだか羨ましい。

「それにしても、一流の人には簡単にバレちゃうなんて。まだまだですねー、私」

「フフ。そこ気にする、不要。隠すこと、演技の目的と違います」

しまった、口がすべった。

そうですよね、確かに普通の役者さんからしたら、正体を隠すための能力なんて磨く必要はないわけで。

本来気にする必要のないポイントを意識してるって、変に思われたかも。

だってほら、海月さん、じーっと私のこと見てるし。

うわぁ……目もきれいだなぁ。

名は体を表すというけど、海に映る満月みたいなミステリアスな輝きを帯びていて、見られているだけで、女なのに魅了されちゃいそう。

「フフ。そういうこと。理解しました」

「えっ……と……？」

「ワタシ、《5階同盟》の声優、才能感じてました」

「あ、はあ、あ、ありがとう、ございます？」

「ハイ。でも、もったいなさ、感じる。足りないところ直す、もっとすごい役者になれる。それ、思ってました。違和感の正体、音声だけじゃわからない、わかりませんでした。でもいま理解、わかった、把握、確信しました」

ひとりでうんうんうなずいて、何を言ってるんだろう。

「自分、出してない。隠そうとしてる。それ、彩羽ちゃんの演技の弱点」

「……！」

痛いところを突かれた気がした。

確かに『黒山羊(くろやぎ)』の収録中、役に入り込んではいるものの、頭の片隅には常にママにバレたらどうしようっていう不安がくすぶっていた。

でもまさか初対面の海月さんに見破られてしまうなんて。

「ひとつ。提案。あります」

海月さんは一本指を立てて、悪戯っぽく笑ってみせた。

「ワタシの弟子、なりませんか？」

「え、ええっ⁉　弟子って……本物の女優さんのですか⁉　えっと、おいくらで……？」

「フフ♪　お金いりません。ワタシ、あなたの才能惚れてます。ひとめ惚れ」

「えぇ〜っと、いや、あの、恐れ多すぎてどう反応していいものやら！」

「オマケで、男の転がし方も教えます。明照君、イチコロ、ワンキル、お手のものです」

「うぐっ。私がセンパイ好きって部分、なんで確定事項なんですかっ」

「違いますか？　誰がどう見ても事実。気づかないの明照君だけ、違いますか？」

「違っ……いません。はい。いや、でも、転がし方なんて。そういうのは、何か違うかなって、思います。はい」

「フフ。そこは冗談。本気にする、カワイイ。青春感じます♪」

「うぅ〜、現在進行形で私が転がされてる気がする〜……！」

なんということでしょう。

グイグイと迫られて、この私がたじたじになっているではありませんか！

……でもまあ、センパイをどうこうっていうのは冗談にしても、これはもしかしてチャンス、なのかな?

ブロードウェイの女優さんに教わる機会なんて、普通に生きてたらほとんどないだろうし。

ここで弱点を克服してスキルアップできたら、『黒山羊』にも大きく貢献できる。

センパイのためにも、なる。

絡(から)まった糸のような思考を解いていき、私はかろうじてひと言だけ言葉を返せた。

「何日か、考えさせてください」

「うふ♪　どうぞ。大事な選択、熟考、大事です。スマホ、出せますか?」

「あっ、はい」

海月さんが掲げたスマホにはQRコードが表示されていた。私もスマホを取り出して、そのコードを読み取り、LIMEのIDを交換する。

「その気になったら、いつでも。ワタシ、首をキリンにして待つ。待ちます。……さ、着きました」

まるで計算し尽くしたかのようなタイミングで、私たちの前にコンビニがあった。

……そういえば、買い出しに来てたんだっけ?

あまりにも濃密なやり取りのせいで、最早何を買いに来たのかもよく憶えてなかった。

エピローグ2　真白と彩羽

「はあ……。人数多くて、つかれる……。まあ、楽しいから、いいけど」

彩羽（いろは）ちゃんとママが買い出しに出かけたのを見て、真白（ましろ）はひとりふらりとベランダに出た。

夜風が冷たくて気持ち良い。やっぱり静かな夜はいい。ぼっちで月の光を浴びるとそれだけでＭＰが回復する。

ていうか、菫（すみれ）先生、悪酔いしすぎ。彩羽ちゃんと強引にくっつけて百合妄想するのはどうかと思う。最低。

……まあ、今回、先生に無理させちゃったのは真白のせいだし。これぐらいは好き放題させてあげてもいいかって、おとなしくしてたけど。だからってやりすぎ。

今回の騒動。菫先生は最後まで認めなかったけど、たぶん３００万ＤＬに向けてのイラストだけじゃなくて、修学旅行のほうも、真白のことを考えて無理してたんだと思う。

修学旅行に良い思い出なんかなかった。

小学校でも、中学校でも。

周りに溶け込むのが苦手なのに集団行動を強制されて、班行動のせいで余計にぼっちを自覚させられて、みじめな想いをして。

あんなのリア充だけが楽しむイベント。真白には無関係。しね。そう思ってた。

もし初めて修学旅行の楽しさを味わえるとしたら、アキと一緒にいられて、オズとか翠部長とか音井さんとか、距離の近い仲間と過ごせるかもしれない今年が、最初で最後のチャンス。

菫先生はたぶん、真白のそういう状況をわかってて、気合いを入れてくれたんじゃないかな。……もちろん、真白だけが特別じゃなくて、全生徒のためを想って、だとは思うけど。

すこしは、考えてくれてた気がする。

ありがとな、式部。でも、ナマモノ百合妄想は今日だけだぞ。

百合妄想で思い出すのもアレだけど、恋敵の姿が脳裏に浮かんでしまう。

「彩羽ちゃん……か」

文化祭の夜、宣戦布告してきた最強の敵。

アキとほとんどゼロ距離で、ずーっと一緒にいて、密な関係を育んできた女の子。

勝てるチャンスは少ない。でも、あの子よりも真白が有利な数少ない要素のひとつ。それを最大に活かせば、勝機はある……！

「彩羽ちゃんとの勝負……この修学旅行で、差をつけなきゃ」

誰にともなくつぶやいて、欄干を握りしめた手に力を込める。

すると、まるで聞きとがめているかのようなタイミングで背後からガラガラと窓の開く音がした。

ビクッ！　と、肩を跳ねさせて振り返ると、彩羽ちゃんのママが出てくるところだった。

「あらあらこんなところに。酔っ払いから逃げてきましたかー？」

「え、えっと……涼みたくて……」

「そうですかー。お邪魔じゃなければ、ここにいてもよろしいでしょうかー？」

「ど、どうぞ」

本音を言えばひとりが気楽なんだけど。ほとんど初対面の大人にそんな塩対応ができる人間なら、陰キャなんてやってない。

隣に立った彩羽ちゃんのママ――乙羽(おとは)さんは、マンションの5階から地面を見下ろしている。何を見ているのかと思って視線を追ってみると、ちょうど下の道路を彩羽ちゃんと、ママが通るところだった。

不思議な感じ。彩羽ちゃんとママが一緒で、真白が乙羽さんと一緒なんて。

でも、何だろう。

乙羽さんの目……細められた目の奥で何を考えてるのか、いまいちわからない。ほんのりと怖い雰囲気があるような……。

アキが、この人とは価値観が合わないって言ってたからかも。そのせいで、なんとなく負の先入観で見てしまう。

……でも、確かに怖いんだけど、彩羽ちゃんに似てるせいかな？　ただ怖いだけじゃなくて、とっても美人で、自然と目が吸い寄せられてしまう魅力がある。

「真白ちゃんは、明照(あきてる)君のこと、どれくらいお好きなのかしらー？」

「え……え……!?」

ゆるやかにふんわりとごく自然な流れで訊かれて、反応が遅れてしまった。

質問が意外すぎて、全然心の準備、できてなかった。

「す、好きって、その……わかり、ますか……？」

「わかりますよー。真白ちゃんの気持ちも、彩羽の気持ちも。思春期は通ってきた道ですもの。男の子に恋する女の子の顔なんて、友達の数だけ見てきましたからー」

「そ、そうなんですね……。……大人って、すごい……」

「うふふ。突然こんな話をして、驚かせてしまったかしら。でも、娘の恋愛にも関(かか)わることだから、気になってしまいましてー」

「あっ……その……ごめん、なさい……」

「あら？　どうして謝るのかしらー」

心底不思議そうにきょとんと首をかしげる乙羽さん。

「彩羽ちゃんとアキが付き合ったほうが……うれしい、と思うから。その、お邪魔虫で……。ごめんなさい……」

「あらあらまあ。そんなことを気にされていたのー？　う〜ん、可愛いですね〜」

「えっ……ひゃわっ！」

まるで犬を愛でるように、わしゃわしゃと頭を撫でられる。

そんな子ども扱いみたいなスキンシップ、ママにもほとんどされたことないのに。

でも乙羽さんの母性たっぷりの手のひらは温かくて、一往復ごとに安心感が全身を満たしていく。考えてみたら、ママは女優のお仕事で忙しくて、小さい頃からあんまり構ってもらえた記憶がない。

もちろん愛がないなんて思ったことなくて、真白のことを大好きだって堂々と言ってくるし、お父さんに至っては親馬鹿すぎてウザいくらいなんだけど。

ただ、頭を撫でてもらうことは、そんなになかった。だから乙羽さんのこの撫で撫で攻撃への耐性はほとんどゼロで、自然と緊張も解けてしまう。

「お邪魔虫なんて思いませんよー。むしろ大人の私から見ると、明照君はどちらかというと、あなたになびいていそうに見えますし」

「えっ……真白に……？」

意外な言葉に瞬きしてしまう。

「幼なじみ。クラスメイト。お隣さん。そしてああいう真面目なタイプの男の子は、真面目でおとなしい女の子に惹かれがちですもの」

「そ、そう……だと、うれしい。ですけど……でも……もし真白がアキとくっついたら、彩羽ちゃんは……」

「傷ついてしまうでしょうねー。でも、だからこそ――」

乙羽さんは真白の髪を指で軽く持ち上げて耳を露出させると、そこにそっと口を近づけて。

悪魔のような、甘美な囁き。

「あなたには早めに明照君との恋を成就させてほしいの」

「ど、どうして……？」

「片思いの時間は長ければ長いほど深く傷つく。実らない恋なら、早めに決着をつけさせて、なるべく早く、あの子には違う道を見つけてほしい。……それもまたひとつの親心、と。そうは思いませんか？」

「そう言われると、そう……かも……」

乙羽さんがわざわざ真白の恋を応援してくれる理由としては、筋が通っているような気もする。

でも同時に、変な筋の通り方をしているような気もして、胸の中に妙なモヤモヤが残る。

なんだろう、これ？

「修学旅行は京都に決まったんですよねー。せっかくの彩羽のいない時間、勝負を仕掛けようと思っているのでは？」

「う……そ、そんな、大それたことは、考えてない……です……」

「まあまあ遠慮しなくてもいいじゃないー。修学旅行では、自由時間もあるそうですねー」

「あ……はい。そうみたい……です……」

そんなことを菫先生が言っていた。

基本的には決められたルートのうち、いくつかの選択肢を選んで回るツアー形式。だけど、最終日は班でまとまってさえいれば完全な自由行動ができるって話だった。

「せっかく京都に来るなら、明照君とふたりで、うちの会社にいらしてくださいー」

「え……えっと、乙羽さんの会社って……」

「私の経営してる会社、天地堂、というのですがー。本社が京都にあるのでー」

そうだった、天地堂！

ゲーム業界を代表する日本トップと呼んでも過言じゃない、超大企業。

会社の許可さえ降りるなら、修学旅行の自由時間で行く場所としては充分にふさわしい場所のように思える。

「社用スマホですが、ＬＩＭＥ交換しませんかー？　その時期には本社のほうにいる予定なので、連絡をくれれば大歓迎いたしますよー」

「えっと……。はい。それじゃあ、よろしく……おねがいします……」

純粋に天地堂のオフィスが興味深い、というのもある。

アキも、乙羽さんの価値観と相性が悪いとはいえ、世界有数の企業の見学には興味を持ちそうだし、喜んでくれる気がした。

まあ、連絡するかどうかは当日までに決めればいいだけだし……とりあえず、ＬＩＭＥ交換ぐらいは、してもいいよね？

epilogue3

Tomodachi no imouto ga ore nidake uzai

エピローグ3 社長定例

いろんなゴタゴタが終わった後で俺は月ノ森社長に呼び出されていた。

時間は深夜。いつものファミレス、いつもの座席で。いつものウェイトレスがいないのは、幸運だった。

目の前に座る月ノ森社長は上機嫌にご自慢の紳士なひげを撫でながら、他に客がいないのを良いことに大きな声で。

「いやあ、お騒がせしたねえ。海月の奴、ひょっこり家に帰ってきたよ。まったくあいつめ、この僕を心配させるなんて悪い子猫ちゃんだ。ハッハッハ」

「い、家に戻ったんですね。よかった、よかった。あは、あはははは」

乾いた笑みしか出なかった。

すべての動向を知ってるとどうにも居心地が悪いが、本当のことを言えばあらぬ疑いをかけられ、嫉妬からぶち殺され、《5階同盟》の入社斡旋は泡と消える。

「聞いてくれたまえよ海月の奴、この僕を嫉妬させたくて、あえて連絡をしなかったのだと。ぶらりと観光しながら、僕と再会できる日を想像して、我慢に我慢を重ね、胸の中で愛を膨らませていたのだと。……嗚呼、マイハニー。なんていじらしく、愛らしいのだろう！　明照君も、そうは思わんかね？」

「アッハイそうですね」

「そうだろう、そうだろう。わはははは！」

うーん、ご機嫌。いま真実をぶちまけたらこの人どんな反応するんだろう。

と、むくむく頭をもたげてくる悪い発想をどうにか抑えて、俺はかろうじて、ニコニコと愛想笑いを維持していた。

「えーっと、今日は主にノロケ話を？」

「そんな無駄な時間のために貴重な時間を割くわけがなかろう。一流の経営者をナメているのかね？」

「どれだけ高速でシリアスな顔を作っても遅いですよ」

一秒前のデレ声、デレ顔をかき消せると思うな。

どうやら本人も本気じゃなかったようで、すぐに表情を崩して、笑い飛ばす。

「あっはっは！　相変わらず君はお堅いねぇ」

「はあ、あんまり俺で遊ばんでください。不器用なんですから。……で、本題は何です？」

「もちろん『黒山羊』の話さ」

そのひと言で俺のスイッチが入る。

自然と背筋が伸びる。

「更新の一時休止などという大きな決定を下したのだ、大事な議題だろう」

「お叱り、でしょうか？　ハニプレの一員を目指す上で、２００万ＤＬで満足せず、３００万ＤＬも目指して行かなきゃいけない状況。更新速度を上げることはあっても、減らすことなどあってはいけない……とか」

「ふむ、そうだね。ＤＬ数を伸ばすなら、頻繁な更新は不可欠だろう」

険しい表情でそう言ってから、月ノ森社長は。

「だが、英断だった」

ニヤリと笑い、評価してくれた。

有能な社長に肩をたたかれ肯定されて、俺はホッと息を吐き出す。

「そう言ってもらえると、救われます」

「僕も開発側を知ってるからね。ああいう決断をしたということは、内部でどんな問題が起きたのか、内情を知らずとも数パターンに絞れる。……君ら《5階同盟》の環境を考慮したら、おそらく誰かが怪我か病気で戦線離脱を余儀なくされたか、その危険を察知する出来事が起きたか、だ」

「まさにそれです。……情けないことに」

「いやいや情けない、ではなく、仕方ない、だ。《5階同盟》のチーム構成は本来、運営型のスマホゲームには向いていない。それは、君も気づいているだろう？」

「はい……頭からお尻まで完成度の高いモノを作り、一回のプレイの満足度を最重視する――コンシューマーゲームの作りのほうが、本当は向いてるはずです」

そう、実はそうなんだ。

少数のクリエイターだけで、延々と運営コンテンツを回していくのがしんどいってことは、わりと早い段階で気づいていた。

「現代はＤＬＣの売上も馬鹿にならないから、コンシューマーでも結局は運営の要素が必要になってくるが……とはいえ、スマホゲームに求められる更新頻度に比べたら、ずっと緩やかなものだ」

気づいていたにもかかわらず、何故その問題から目をそむけ、『黒山羊』をスマホゲームとしてリリースしたのか。

その理由は、笑ってしまうほど単純明快で。

「はい。でも、俺たちにはコンシューマーの開発環境を整えるだけの予算と、公式のストアに流通させる方法がなかったんです」

「だろうね。一介の高校生がゲームを作ろうと思えば、スマホかＰＣのどちらか。現在の時流からスマホを選んだのは良いセンスをしている」

「でもいま、少数精鋭の体制と運営型スマホゲームの相性の悪さの壁にぶち当たりました……

「正直、スマホの『黒山羊』はここがもう限界です」

「なるほど。では活動を諦める、と？」

「いえ」

俺は首を振る。

この休止の決断は、仲間たちに無理をさせないための、勇気の撤退だ。

しかしただの撤退じゃない。

俺のワガママを実現するための撤退なのだ。

仲間たちの才能を世に知らしめ、この社会における居場所を確たるものにしたい。

だけどそのワガママを通したまま300万DLを達成するのは、そこまで断続的なコンテンツの供給を実現するのは困難。

だったら。

300万DLを達成せずとも、『黒山羊』を更に大きくできる方法を徹底的に考えればいい。

いくつか策は練っている。

その中のひとつ、いまここで、俺が月ノ森社長に見せるべき手札は――……。

「活動停止で稼いだ時間を使って、勉強と経験を重ねて……来年。ハニプレからの出資を受けて、コンシューマー版を出します」

「……。これは驚いた。大きく出たね」

文字通り、驚きを隠せなかったようで、瞳孔が大きく開いていた。

だけどさすがのやり手社長。すぐに冷静さを取り戻し、チチチ、と指を振る。

「僕は甥だからといって無条件に投資するほど甘くはないよ？　投資するに値しない、売れない企画だと判断すれば容赦なく切り捨てる。それに、投資を受けるってこたぁ、他の最前線、プロたちと同じ戦場で戦うことを意味してるんだが……覚悟はできてるのかい？」

「はい。元より、甘く推薦を受けようなんて、考えてませんから」

言い切った。

月ノ森社長はまた、可笑しそうに肩を揺らして笑ってみせる。

「フフ。まったく、面白い男だ。後退したかと思ったら、更なる無謀に突っ込む前段階とはね。いやはや、本当に将来が楽しみだよ」

「……と言っても、最低でも修学旅行が終わるまでは、学生らしく過ごすつもりですけどね」

真面目な時間は終わり。

場が砕けてきたのを察して、俺はすぐさま話題を軽いものへと変えた。

「おや、そうなのかい？　珍しいね、仕事の鬼の君がそんなことを言うなんて」

「さすがに全速力で走りすぎたので。ここらで腰を据えていろいろな体験をして、インプットしようかと。……変な誤解される前に先回りしておきますけど、体験と言っても、リア充的な意味は含みませんよ」

「ハハハ。やだなぁ、明照君。それでは僕が青春リア充野郎への嫉妬に狂ったモンスターみたいじゃないか、失礼な」

世界で一番説得力のないセリフだった。

「しかし、そうか。修学旅行か……明照君、ひとつ依頼してもいいかね？」

「依頼……おみやげですか。もちろんいいですよ。八ツ橋でも何でも買ってきます」

と、自分でそう言ってから、おかしなことに気づいて、あれ？　と首をかしげる。

ハニプレの代表取締役社長だぞ、この人。

京都みやげをあらためてねだるような真似をするだろうか？　出張で関西に飛ぶことも多いだろうし、京都に限らず、いろいろな場所のみやげ品を貪り尽くしていそうなものだが。

そんなふうに疑問に思っていると月ノ森社長は、巨大生物から人類を守る組織の司令官のような、前のめりに手を組む例のポーズで。

厳かにこう告げた。

「旅のドサクサで真白を狙おうとするビチクソＤＱＮ野郎は必ず殺したまえ。いいね？」

「真白のことになるとホントＩＱ下がりますね」

こええよ。

しかしまあ、月ノ森社長のアンチ青春セリフはさておいて。

再来週には修学旅行。『黒山羊』の作業もないし、せっかくだから学生らしい行事ってやつを楽しむとしよう。

小学校では周囲のガキっぽい奴らに馴染めなくて楽しめなかったし、中学のときはいろいろあってそれどころじゃなかったし、よく考えたら俺にとって初めての、まともな友人たちとの時間を過ごせる修学旅行だ。

オズ、真白、菫、音井さん、翠、演劇部の人たち。あと、なんだかんだで最近は、存在感の薄さは相変わらずとはいえ真白を通して俺を認知し始めたクラスメイトもちょいちょいいるしな。

ただひとつだけ気がかりがあるとすれば――……。

友達の妹は修学旅行にいない。

あとがき

全国の読者の皆様、こんにちは。『いもウザ』こと『友達の妹が俺にだけウザい』をいつもご愛顧いただきありがとうございます。作者の三河ごーすとです。皆様、7巻の帯を御覧になりましたか？　なりましたね？　そこになんて書かれていたか、ご存知ですね？

そうですＴＶアニメ化決定です。

全世界、全人類、全センパイ待望の『いもウザ』がＴＶアニメ化決定したのです。ありがとう、ありがとう。あっ、すみません、あらためて御挨拶させていただきますね。ＴＶアニメ化が決定しました、アニメ化決定作家の三河ごーすとです。お見知りおきください。

…………。ごめんなさい、すみません、調子に乗りました。この題材の作品を執筆し始めたときから、この作品の作者としてドヤ顔ウザムーブをする義務があるだろうと考えてきたので、己の誓いに素直にウザい言動をしてみただけなんです許してください。

さて、調子乗り発言の直後にリスペクトを叫んでも説得力皆無かもしれませんが謝辞です。

イラストのトマリ先生、いつも最高のイラストをありがとうございます。彩羽をはじめとしたキャラの皆が大勢のファンに愛されて、アニメ化決定という結果に至れたのもトマリ先生の力あってこそだと思います。これからもどうぞよろしくお願いいたします！

漫画家の平岡平先生、『いもウザ』コミカライズ版の連載、いつも楽しく拝読しています。彩羽たちが漫画の中で活き活きとさまざまな表情を見せてくれる姿を、一読者として微笑ましく見守っています。これからも一緒に『いもウザ』を盛り上げてくれたらとても嬉しいです！

そして担当編集のぬるさん、ＧＡ文庫編集部および関係者の皆様、いつもさまざまなバックアップをしていただき感謝の気持ちしかありません。本当にありがとうございます。ところでアニメ化が決まって忙しくなったら当然原稿の〆切に手心を加えていただけますよね？

そしてここまで応援してくださった読者の皆様。皆様が彩羽のウザ絡みにめげず、応援し続けてくれたからこそ、今に至っていると思います。画面の中でウザく明るく元気に動く彩羽たちを観られる日まで、引き続き推してくれると滅茶苦茶嬉しいです。

――以上、三河ご－すとでした。

……それにしても、おめでたいお知らせがあるとあとがきのページが一瞬で埋まってラクだなぁ。もうあとがきのネタのために毎巻アニメ化決定してほしいまである。

『いもウザ』次巻予告！

ウザかわＪＫが（１年なのに）寄ってくる！
悶絶必至のいちゃウザ修学旅行編・開幕！

修学旅行――それは、青春の一大イベント。
しばらくインプット期間を設けると決めた明照は、
らしくもなく全力で修学旅行を楽しもうと決めていた。
一方、彩羽と正面から戦うことを決意した真白は、
この修学旅行で差をつけるため
明照に積極的なアプローチを開始。
しかし思わぬライバルが出現し――!?

修学旅行で好き放題やってる２年生組の一方で、
取り残された彩羽。
ひとりぼっちで落ち込んでるかと思いきや……
ここぞとばかりに怒涛の遠距離ウザ絡みを開始。
さらに、彩羽がそれだけで終わるはずもなく――？

恋する乙女たちが清水の舞台から飛び降りる!?
いちゃウザ青春ラブコメ第８弾！

制作進行中!!!

全いもウザファン待望！

新キャラ＆新キャスト登場予定です☆

新キャラ詳細は続報で！

キャスト CAST

大星明照 役
石谷春貴

小日向乙馬 役
斉藤壮馬

小日向彩羽 役
鈴代紗弓

影石 菫 役
花澤香菜

月ノ森真白 役
楠木ともり

？？？？ 役
？？？？

ドラマCD第4弾

え、ちょっと待って。
新ヒロイン参戦？
マジ？最の高じゃない？
はー、神。滾りますわー！
8月待ちきれませんわー！

『友達の妹が
俺にだけウザい8』
ドラマCD付き特装版

2021年8月発売予定！

ファンレター、作品の
ご感想をお待ちしています

〈あて先〉

〒106－0032
東京都港区六本木2－4－5
SBクリエイティブ（株）
GA文庫編集部 気付

「三河ごーすと先生」係
「トマリ先生」係

**本書に関するご意見・ご感想は
右のQRコードよりお寄せください。**

※アクセスの際や登録時に発生する通信費等はご負担ください。

https://ga.sbcr.jp/

友達の妹が俺にだけウザい7

発　行　　2021年3月31日　初版第一刷発行

著　者　　三河ごーすと
発行人　　小川　淳

発行所　　SBクリエイティブ株式会社
〒106−0032
東京都港区六本木2−4−5
電話　03−5549−1201
03−5549−1167（編集）

装　丁　　AFTERGLOW

印刷・製本　中央精版印刷株式会社

ISBN978-4-8156-0783-8
Printed in Japan　　GA 文庫

試読版は
こちら!

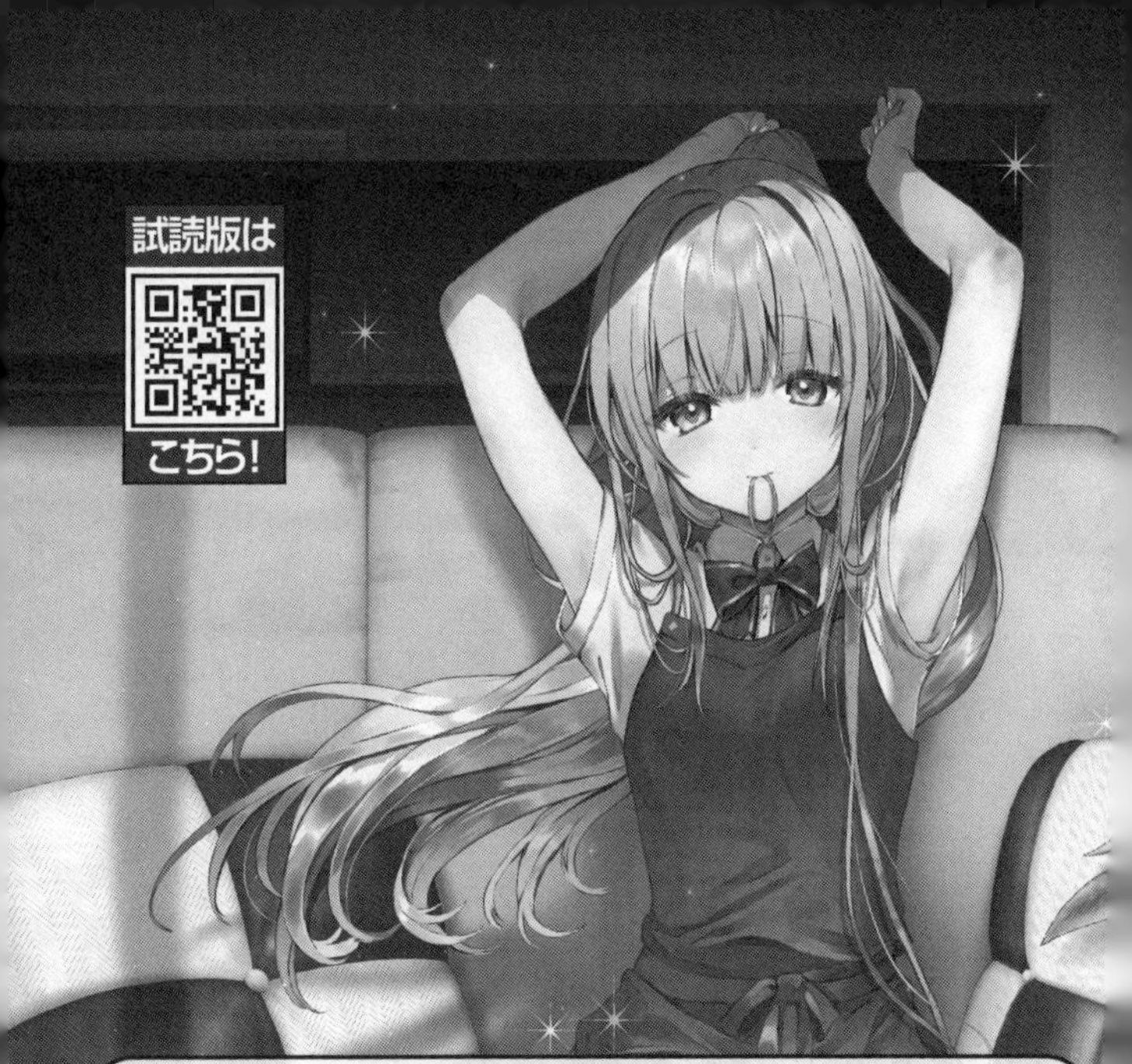

お隣の天使様にいつの間にか
駄目人間にされていた件４
著：佐伯さん　画：はねこと

GA文庫

『私にとって……彼は一番大切な人ですよ』

真昼が落とした爆弾発言に騒然とする教室で、彼女の想いを計りかねる周は、真昼の隣に立つに相応しい人間になることを決意する。

容姿端麗、頭脳明晰、非の打ち所のない真昼。信頼を寄せてくれる彼女にに追いつくべく、身体を鍛え、勉学に励む周。

そんな周の思惑を知ってか知らずか、真昼の方も関係性を変えようと、一歩踏み出すことを考えるようになっていた——

ＷＥＢにて絶大な支持を集める、可愛らしい隣人との甘く焦れったい恋の物語、第四弾。